ナンクワの微笑み

北山泰樹

文芸社

目次

ナンクワの微笑み

一．プロローグ

賑やかな小鳥の囀《さえず》りで眼を覚ました長谷伸一は、窓を思いっ切り開いて、朝のひんやりとした空気を胸一杯に吸い込んだ。

昨夜、チェンマイ空港に降り立った時の、シャツがべったりと体に絡みつくような蒸し暑さは何処へ行ったのか。

三月末、暑期に入ったタイでは、日中、温度計が四十度を超える日が続くのも珍しくない。四月十三日から三日間、水かけ祭り・ソンクラン（タイ正月）が始まると暑さは頂点に達する。

遠く西の方にはなだらかな山並が広がり、その中腹にはタイの古都チェンマイを代表する寺院・ドイステープが、白い綿菓子のような雲の切れ間から姿を現している。

時計は午前五時を指している。

日本時間で午前七時、普段なら、出社時間を気にしながらトーストを頬張っている頃だ。

四方を濠《ほり》と城壁に囲まれた、タイ第二の都市チェンマイの旧市街。

そのほぼ正方形に近い旧市街の東西南北には、レンガ造りの城門が残っている。

伸一が宿を取った小さな古びたホテル、ターペー・スイートプレイスは、東門に当たるターペー門のすぐ近くに建っていた。

伸一が遠くのドイステープを見ているこの510号室から、父・一郎も同じようにあの寺院を眺めていたに違いない。

部屋を出た伸一は、ホテルに隣接している寺院の庭に足を踏み入れた。

極彩色に輝く屋根、きらびやかな仏像、天に聳《そび》えるように建っている仏塔。仏塔の頂につけられた風鈴が、爽やかな音色を奏でている。

本堂では、三十人余りの少年僧たちが、声を精一杯張り上げて老僧の読経に唱和している。

境内にのんびりと寝そべっている野良犬たちは、伸一が近付いても動こうともしない。

時の流れが止まったかのように思われる。

父は、本当に、チェンマイの大地に抱かれてしまったのだろうか——。

一．プロローグ

果てしなく続く雲海に足を踏み入れたような父を探す旅に、今度こそ決着を付けたい。

伸一は思わず仏像に手を合わせた。

読経する少年僧の一人は、仏像の前に佇む伸一と視線が合うとにっこりと微笑んだ。

少年僧に笑顔を返した伸一は、そっと寺を出た。

二．父の失踪

昨夜、九州、宮崎に上陸した大型台風は、まるで誰かが舵を取っているかのような正確さで、進路を誤ることなく日本列島を縦断しようとしていた。

おそらく、今夜には関東地方も猛烈な暴風雨に曝されることになる。

二〇〇一年、この夏、異常気象に見舞われた日本列島は、七、八月と連日猛暑が続き、九月に入っても一向に衰えることなく、熱帯夜の連続記録を更新中だった。そのうえ、大小の台風が相次いで上陸し、各地に大きな被害をもたらしていた。

その日、民放最大手のＪＴテレビの報道部では、夜の台風襲来に備えて全員が泊まりの態勢に入っていた。

夕方六時のニュースを目前に控えた報道部の部屋には、活気というよりも殺気に近い空気が流れていた。今、すぐにでも誰かが喧嘩をおっぱじめたとしても決して不思議ではないぴりぴりとした雰囲気が漂っていた。

報道部のディレクター・伸一も、系列各局から寄せられてくる台風情報の整理と、六時のニュースの打合せに追われていた。

スタッフと会議室でニュース原稿の読合せをしていると、ADの小林拓也が顔を覗かせ、伸一に母・京子から電話が入っていると伝えた。

「もうし、もうし」

京子の声が上擦っている。

「伸一、大変……」

焦っている京子の様子が手に取るように伝わってくる。

「父さんが……。チェンマイで何か事件に巻き込まれたらしいの。今、チェンマイの領事館から電話が入って……」

「ええ？　おやじが……」

伸一は、握りしめていた受話器を置くと、思わず額の汗を拭った。

「長谷、お父さんに何かあったのか？」

木村民雄報道部長がニュース原稿から眼を離して伸一に訊ねた。

「あのう……」

「どうした？」

「父が……、チェンマイで行方不明になったらしいのです」

それまで喧騒に包まれていた部屋が、一瞬静かになった。

皆、伸一の次の言葉に全神経を集めようとしているようだった。

「つい先程、チェンマイの日本領事館から母に連絡が入ったそうですが、なんでも、一週間ほど前、父が散歩に出かけると言って、宿泊先のホテルを出たままぷっつりと消息を絶ってしまったらしいのです。部屋には荷物が残されているし、パスポートや現金もフロントに預けたままになっているので、何か事件に巻き込まれたのではないかと現地の警察が動き始めたそうです」

「そうか……」

部屋は一層静かになった。

木村部長はこの静まり返った空気をなんとか元に戻そうと、大きな咳払いをした。それを合図に、部屋は再びざわめきの世界に戻っていった。

「お父さんは、確か記録映画の監督だったね。今回は、チェンマイで何を取材されていたのかね？」

「このところ父に会っていませんので、仕事の内容については聞いていていません」

「もし、麻薬とか売春問題を追っていたとしたら、事件に巻き込まれた可能性は十分に考えられるね」

木村部長は大声を上げて、デスクを手招きした。

「いいか、大至急バンコク支局からこの事件の裏をとってくれ。六時のニュースに間に合わせるんだ」

木村部長は、部下を思う上司の顔から、数々の修羅場を潜《くぐ》り抜けてきた報道部長の顔に戻っていた。

「そうそう、お母さんに、お父さんの写真をメールで送ってもらうよう頼んでもらえないか。それもタイで取材中のがあれば最高だがね。それと、肉親の声として君のコメントも一言とらせてもらうよ」

テレビ局を飛び出した伸一は、東京駅に向かうタクシーの中から、妹・貴子に電話をかけた。

「私にも、つい今しがた、母さんから電話があったわ。これからすぐ会社を出れば、たぶん六時半頃には藤沢の家に着けると思うの。孝夫にも今日は残業しないで、まっすぐ藤沢に向かうように言っておいたわ」

伸一は貴子に、「母さんは相当動揺しているから、お前たちは出来るだけ冷静になるように」と諭した。


台風の影響か、東京駅では東海道線に遅れが目立ち始めていた。

湘南電車の藤沢駅までの一時間が、今日はとてつもなく長く感じられた。

伸一は、「落ち着け、落ち着け」と何度も自分に言い聞かせた。


藤沢の家では伸一の帰りを待ち侘びていた京子が、居間の中を落ち着きなく歩き回っていた。

伸一は、京子をソファーに座らせ、もう一度、領事館からの電話を復唱させた。

京子は、「とにかく、今からチェンマイへ行こう」と伸一に迫った。伸一とて同じ気持ちであったが、この時間から成田に向かったとしてもタイに飛ぶ便はない。明朝の便まで待つしかない。

その時、柱時計が六時を告げた。

伸一は、テレビをつけ自局のチャンネルに合わせた。画面には、先程まで伸一と打合せをしていたキャスターが登場していた。

——日本人男性が、タイのチェンマイで行方不明になりました。チェンマイの日本領事館からの報告によりますと、チェンマイで取材中の記録映画監督、長谷一郎さん、五十九歳が、宿泊先のホテルを出たまま消息を絶ち、すでに一週間が経過しています。なお、ホテルには長谷さんのパスポートや現金がフロントに預けられたままになっており、現地のタイ警察では、長谷さんがなんらかの事件に巻き込まれた可能性があるとして捜査中です——

画面が父を案じるコメントを述べる伸一に替わった時、妹の貴子とその夫の本郷孝夫が居間に駆け込んできた。貴子の顔が青ざめている。

「義兄さん、大変なことになりましたね……」

孝夫は京子や伸一にどう言葉をかけていいのか判らないといった様子で、ズボンのポケットからハンカチを取り出して何度も額を拭った。

「兄さん、その後、何か新しい情報は入ったの？」

「うん、部長の木村さんがバンコク支局に問合せてくれたが、現地ではまだ何も摑めていないらしい。取り敢えず、俺と母さんは明日朝の便でチェンマイへ行く」

「私も行っていいでしょう？　兄さん、お願い。連れてって」

「お前は、ここにいて、タイからの連絡を待つんだ。それに、新しい情報がいつ何処から入ってこないとも限らないからな。もし、一人でいるのが不安だったら孝夫君に一緒にいてもらえばいい」

「貴子、義兄さんのおっしゃる通りだ。貴子と僕はここに残って、義兄さんからの連絡を待とう。義兄さん、僕は明日仙台に出張することになっていたのですが、課長に事情を話して出張を取り止めました。義兄さんやお義母さんがタイから帰ってくるまで貴子とここにいますので、安心して行ってきて下さい」

「孝夫君、留守中の連絡役を頼んだよ」

それでもなんとしてもチェンマイに行きたいと言い張る貴子を宥《なだ》め、スーツケースの前で虚ろになっている京子の旅支度を手伝わせた。

しかし、本当に大変だったのはニュースが終ってからだった。

知人、友人、親戚からの問合せの電話が殺到するわ、近所の人たちが気遣ってやって来るわで、その対応に伸一たちは振り回された。挙げ句の果てには、「長谷さんの居場所を知っている」といったイタズラ電話までかかってきた。

他局や新聞社からの取材申し込みも相次ぎ、電話は深夜まで鳴り続けた。

眠れない夜を過ごした伸一と京子は、貴子と孝夫に留守を託して、夜明け前の道を藤沢駅へと向かった。

成田からバンコクまでおよそ六時間。

オフシーズンの九月とあって、機内には空席が目立っていた。

途中、伸一と京子は、ほとんど会話を交わすことはなかった。


バンコクのドンムアン空港で国内線に乗り換えた二人が、チェンマイ空港にたどり着いたのは現地時間の午後六時半過ぎだった。

二人が入国手続きを済ませて外に出ると、「先輩、お疲れ様です！」と叫びながら日本人の青年が駆け寄ってきた。その大声に、周りにいた人たちの視線が一斉に伸一たちに注がれた。

「おお、やまちゃん、久し振り」

「報道部の木村部長から、先輩の手助けをするように仰せ付かったものですから」

真っ黒に日焼けしたやまちゃんことバンコク支局駐在員の山本武が、二人を車へ案内した。

空港からわずか五分、車は夕暮れの迫った市街地に入った。濠に沿った道路には食べ物を売る屋台が立ち並んでいる。車は旧市街地を取り囲んでいる濠沿いの道を走り、やがてターペー通りに入った。

その通りの両側には大きな寺がいくつも建っている。

一郎が泊まっていたターペー・スイートプレイス・ホテルは、ターペー通りに面した如何にも由緒ありそうな寺の横の路地を入ったところに建っていた。

三．暗中模索

オラヌットと名乗ったホテルの女性オーナーは中国系タイ人で、一見、無愛想ではあったがてきぱきと一郎が泊まっていた５１０号室へ三人を案内した。

オラヌットがドアの鍵を開けると、部屋には室《むろ》の中のような熱気が充満していた。

オラヌットは急いで窓を開け放った。

浴室のカーテンレールには一郎が洗濯したと思われる下着と靴下が干されたままで、二つあるベッドにはカバーが掛けられたままになっていた。

枕元の電気スタンドを載せた小さな机の上には、ハードカバーの本が一冊残されており、その『魔界バンコク』の一二七頁には栞《しおり》が挟まれていた。

どう見ても、遠出するつもりで外出したとは思えない。

「一郎が部屋に残したものはそのままにしてある」というオラヌットの説明を聞きながら、伸一と京子はトランクの中身を調べた。

トランクの中にはカメラや原稿用紙、数冊の本が、如何にも几帳面な一郎らしくきちんと収められている。

しかし、書き置きとか、遺書とかいった類《たぐい》のものは何も見当たらない。

ドアの近くにある洋服ダンスには、数枚のポロシャツとズボン二本が吊されたままになっている。

一郎がフロントのセイフティボックスに預けていたパスポートと現金は、警察で保管していると説明したオラヌットは、「アンダースタンド?」と何度も繰り返した。

一郎は極端なくらいに余分なものを持つことを嫌っていた。

買物にも全く興味がなく、靴ですら京子が買ってこなければ一年でも二年でも同じものを履き続けた。そんな一郎を知っている伸一や京子には、数少ない彼の遺留品の中から何かが失くなっているとは思えなかった。

バンコク支局で再度、領事館や警察にあたってはみたが、今のところ特に手懸りらしいものは何も摑んでいないようだと、やまちゃんが声を曇らせて言った。

その夜、一郎とやまちゃんは、一郎が泊まっていた５１０号室に、京子は隣の５０９号室に宿を取った。

翌朝、朝食を早々に済ませて、伸一たちは、まず空港近くの日本領事館に足を運んだ。領事館は、タイで一、二を争う中国系の財閥が所有している公園のような緑に包まれた広大な敷地の中にあった。

その爽やかな風景とは対照的に狭苦しい待合室は、日本へのビザを申請するタイ人や、代行業者でごった返していた。

事務室と待合室とが防弾ガラスで仕切られている。そのガラス越しに職員と申請客がインターホンで遣り取りをしているのは、異常な光景だった。伸一は、映画で観た刑務所の接見シーンを思い出した。

三つある窓口にはいずれも長い行列が出来ている。

並んでいる人たちをかきわけながら、ようやく左端の窓口にたどり着いたやまちゃんに、縁無しメガネをかけた中年の男性職員が「順番だから後ろに下がって」とガラス越しに怒鳴り声を上げた。

しかし、やまちゃんも負けてはいなかった。

「人の話も聞かずに今の態度は何だ!」

やまちゃんの大声に驚いたのか、奥のデスクに座っていた女性職員が窓口に歩み寄り、「どげた。

んなご用件ですか？」と流暢な日本語で訊ねた。

やまちゃんはさっきの〝縁無しメガネ〟を無視して、責任者らしいその女性職員に用件を告げた。

応接室の壁には、昔のチェンマイ市内を撮影したと思われる数枚のモノクロ写真が飾られていた。女性秘書が出してくれたコーヒーを三人が飲んでいると、「やあ、お待たせしました」という快活な声とともに、まだ三十代前半と思われる、濃紺のスーツに身を包んだ青年が入ってきた。

三人は慌てて立ち上がった。やまちゃんが伸一と京子を紹介した。どうやら、やまちゃんとこの青年とは、すでに電話を通じて知己の間柄になっている様子だった。

「この度は、父の件でいろいろとご面倒をお掛けして申し訳ございません」

伸一は名刺を差し出しながら、およそこれまで浮き世の風にあたったことがないように見える品の良い青年に礼を述べた。

「領事の後藤公明です。さぞかし、ご心痛のことと存じます」

その言葉遣いは、とても三十歳を越えたばかりの青年のものとは思えない。

「長谷一郎の妻の京子でございます」

京子も深々と頭を下げた。

それにしても、領事にしては、彼はあまりにも若い。たぶん、キャリアの彼は一年もすれば本省に戻っていくのだろう。

後藤領事は一郎についてこれまで得ている情報を手短に話した。

「こちらに住んでいらっしゃる日本人でも、在留届を出している方でないと、私どもといたしましてもその動向については全く把握のしようがございません。ましてや旅行者となりますと……。一郎さんの件も、こちらの警察からの連絡で初めて知った次第でございまして、私どもといたしましては、タイ当局に捜査を迅速に進めていただくようお願いするくらいしか、今のところ手立がございません」

伸一は、後藤領事のよそよそしい発言に、その言葉遣いが丁重であるだけに一層の苛立ちを覚えた。

「警察は本気で動いてくれているのでしょうか?」

「もちろん、私どもはタイ政府の上層部に働きかけ、警察が一郎さんの捜索に全力を尽くすようお願いしています」

「いろいろとご配慮下さいまして本当に有り難うございます」

京子は、伸一を諭すように後藤領事にお礼の言葉を述べた。

「ところで、一郎さんの当地での取材目的をご存じでしょうか?」

「それが、父は家庭では仕事の話をすることはほとんどなかったものですから、母も私も皆目見当が付きません」

「警察からの連絡によりますと、パスポートを調べたところ、一郎さんはラオスやミャンマーに度々出入りしていたとのことでした。何か心当りはありませんか?」

「以前、父からビザ更新のためにビエンチャンに行ったという話は聞いたことがありますが……」

「ご存じでしょうが、タイでは一郎さんのように観光ビザで入国した場合でも、二ヶ月の滞在が可能です。しかも希望があれば更にもう一ヶ月滞在を延長することも出来ます。つまりシングルビザで最長三ヶ月の滞在が認められているのです。ビザ更新だけのために、半年の間に二度も三度もラオスやミャンマーに行ったとは考えられません」

「そうですね。確かにおっしゃる通りだと思いますが、父の目的がなんだったのか私にも母にも皆目見当が付きません」

「念のためラオスとミャンマーの日本大使館にも問合せてみましたが、一郎さんについては今のところ何も情報は入っていないとのことでした」

「主人がラオスやミャンマーのどの辺りに行っていたのかは判らないのでしょうね?」

「いや、それにつきましては、むしろ私の方からご家族の方にお訊きしたいと思っていたくらいです」

丁重に礼を述べて辞そうとする伸一たちを押し止めて、後藤領事は秘書を呼び寄せ、チェンマイ中央警察署の署長に電話をかけさせた。

「これから皆様がそちらに向かうからよろしく、と署長にお願いしておきました。私のタイ語はまだまだ不十分でしてね」

後藤領事は品の良い顔に微笑を浮かべた。

日本領事館から車でおよそ十五分、数あるチェンマイの寺院の中でも特に格式が高いと言われるワット・プラシンの前を折れ、二百メートルほど進んだところにござっぱりとした中央警察署が建っていた。玄関前にある子供を抱き上げる警官の銅像が、警察署という厳めしいイメージを和らげていた。

やまちゃんが受付の警官に来意を告げると、彼はにこやかに両手を胸の前で合わせ、三人を二階の署長室へ案内した。

満面に笑みを湛えて、署長は伸一たちを出迎えた。

広い部屋の床には真っ赤な絨毯が敷き詰められている。大きなデスクの後ろの壁には金色の仏像を安置したきらびやかな祭壇が設けられている。

署長は開口一番、「英語は話せますか」と三人の顔を見比べた。「大丈夫です」と伸一が答えると、彼は満足そうに頷いてたどたどしい英語で話し始めた。

「一郎さんが行方不明になる前に、ご家族には何か連絡はなかったでしょうか？　たとえば電話とか手紙とか、そうそう、メールとか……」

「そういったものは全くありませんでした」

伸一が「そうでしょう？」と京子に同意を求めたその時、ドアが開いて精悍な顔付きをしたムエタイ選手のような男がビニール袋を手に入ってきた。男はビニール袋を皆の前にあるテーブルに置いて、伸一たちに両手を合わせるタイ式挨拶をした。

「一郎さんの捜査を担当しているシリコーン刑事です」

署長はその男を伸一たちに引き合わせた。

シリコーン刑事は、改めて三人に黙礼するとビニール袋から、一郎のパスポートと封筒を取り出してテーブルの上に並べた。

「これは、一郎さんがホテルに預けていたパスポートと現金です。封筒の中の金額を確認していただけますか。五十万円入っているはずです」

「確かに、五十万円ございます」

封筒の一万円札を数えた京子は、シリコーン刑事が差し出した用紙に受取人のサインを済ませた。

「ところで……」と、シリコーン刑事は一郎のパスポートを捲りながら訊ねた。

「一郎さんは、最近、ラオスとミャンマーへの出入国を繰り返していましたが、その目的について何か心当りはないでしょうか？」

「実は、先程領事館でも同じ質問を受けたのですが、私どもには全く見当も付きません。こちらでなんらかの情報を摑んでいらっしゃるのではないかと期待して来たのですが」

シリコーン刑事は伸一の問いに答えないで、黙ってパスポートを京子に返した。

「サワディー・カー《こんにちは》」

いきなりノックもしないで、市場の物売りのような格好をした中年のおばさんが、ジャスミンの花で拵えた数珠を数本腕にぶら下げて入ってきた。

おばさんは、にこにこしながら署長に近付くと、ジャスミンの数珠を署長に手渡し、お金を受け取ると、皆に手を合わせてから「コックン・カー《有り難うございました》」と言ってドアの外に消えていった。

「今日は仏陀の日（＊）でしてね」

署長は伸一たちに会釈するとソファーから立ち上がり、ジャスミンの数珠を祭壇に祀ってある仏像の胸に掛けた。部屋にジャスミンの香りが広がった。

「一郎さんがチェンマイに来られた目的が判れば、捜査の範囲を絞ることが出来るのですがね」

シリコーン刑事は、さも伸一たちが何かを隠しているかと疑っているかのような、不服そうな表情で呟いた。

「そうそう、所持品の中で何か失くなっていませんでしたか？」

「主人が何を持っていたか詳しいことは判りませんが、たぶんないと思います」

「ところで、一郎さんは取材ノートなどは作ってなかったのですかね？　仕事柄、取材ノートがあってもいいと思うのですが。プラッと出かけたような形跡から見て、わざわざ取材ノートを持って行ったとは思えないのです」

「几帳面な父は、いつも克明に取材内容を整理していたはずです。絶対、取材ノートは作っていたでしょう」

「となると、もし、一郎さんが持って出かけたのでなければ、失踪後に誰かが持ち出したと考えられますね――」

シリコーン刑事は腕を組んで天井を見上げた。

領事館も警察署もそれなりの対応はしてくれたが、結局、何も新しい情報を得ることは出来なかった。

ホテルに帰ると、やまちゃんが切り出した。

「先輩、チェンマイ在住の日本人を相手に、月二回発刊している『サバイ・チェンマイ』というミニコミ誌があるんですがね。そこの社長兼編集長の谷村さんに会ってみませんか。彼はいろいろな情報ルートを持っているので、何かヒントになるような話が聞けるかもしれません」

伸一は、領事館や警察署からの連絡に備えて京子をホテルに残し、やまちゃんと『サバイ・チェンマイ』を訪ねることにした。

『サバイ・チェンマイ』のオフィスは、チェンマイ名刹《めいさつ》の一つワット・チェディルアンに近い民家の庭の奥にあった。

その庭のバナナの木には青い房がいくつもぶら下がり、生け垣を可憐な薄ピンク色をしたプアンチョンプー（アサヒカズラ）の花が覆っていた。

鵲《かささぎ》に似た鳥が、甲高い声を発して樹々の間を飛び交っている。

事務所の中はこざっぱりと整理されていて、鉢植えの蘭の花が芳しい香りを部屋一杯に漂わせていた。

若いタイ人の女性が二人、クィティオ（タイそば）を食べながらパソコンのキーを打っている。

今にも蕩《とろ》けそうな真っ赤な鼻の下にちょび髭を蓄えた谷村社長が伸一に名刺を差し出した。

「谷村と申します。ただ、こちらでは、下の名前が清三なので『せいちゃん』と呼ばれていますす」

「先輩、谷村さんはチェンマイではちょっとした有名人ですよ。毎週日曜日、ホコ天で踊る谷村さんのドジョウ掬いは大変な人気で、街を歩いていると『せいちゃん、せいちゃん』と声がかかるんです」

一通りの挨拶が終った後、伸一は谷村にこれまでの顚末を話した。

「お役に立てばいいんですが……」

谷村は、赤い鼻の頭を指で擦った。

「『サバイ・チェンマイ』は、読者から購読料を取らずに広告収入だけでやっている新聞でしてね、記事もほとんどがチェンマイを中心とした店の紹介で、いわゆるマスコミとは程遠いものですよ。長谷さんの事件も、ＮＨＫの衛星放送で知ったぐらいでしてね。ニュースを見た時は、あの長谷さんが行方不明になったのかと驚きましたよ」

「うちの父をご存じでしたか？」

「そうそう、かれこれ一年くらい前になりますかね。太平洋戦争当時のチェンマイについて調べたいとおっしゃって、うちを訪ねてこられたことがあります」

「それで？」

「私は当時のことなど詳しくないのでお答えのしようもなかったのです。ただ以前、うちで古いチェンマイの街並を撮った写真を掲載するために、戦前から市内で写真館を営んでいらっしゃった金沢さんから写真をお借りしたことがありました。それで、金沢さんなら参考になるような資料をお持ちかも知れないと申し上げました」


クィティオを食べているのか、仕事をしているのか、どちらともつかずにのんびりとパソコンの画面を見ている女性に『サバイ・チェンマイ』を持ってこさせた谷村は、市内地図の載った誌面を机の上に広げた。

そして、「ここです」と言って、市内を流れる一番大きな川、ピン川に架かっているナワラット橋の近くを赤で囲った。「ただし、今は写真館ではなくアンティークの土産物屋になっていますよ」と付け加えた。

幅百メートルほどのピン川は、黄土色の水を湛えて静かに流れていた。水面の水草をじっと見つめていないと、どちらに向かって流れているか見分けがつかない。

ナワラット橋を渡ると、ピン川に沿って観光客相手と思われる大型のレストランが軒を連ねていた。やまちゃんは、谷村が赤丸を入れてくれた地図を広げて、「あのレストランの隣がそうだ」と指を差した。

見事なチーク材で造られたその店は、如何にも高級感が漂っていた。

店の入口には、上半身が象、そして下半身がたくましい男性の肉体を持つガネーシャの石像が鎮座している。

「サワディー・カー《いらっしゃいませ》」

とびっきりの美人でスタイル抜群の女性店員が、手を胸の前に合わせて微笑んだ。

「オミヤゲ、タクサンアリマスネ」

たどたどしい日本語で、彼女は二人を店の中に導いた。

年の頃は三十代後半と思える店主、金沢健太郎は、上品そうなその身なり、物腰からして、如何にも何不自由なく育ったという印象だった。

穏やかな表情で伸一から用件を聞き終った彼は、一瞬顔を曇らせた。

「あなたのお父様にお目にかかったのは、たぶん、私の父だと思います。ただ、その父は、昨年チェンマイを襲ったデング熱がもとで亡くなりました。ちょうど、その頃私は日本におりましたので、父に何を取材なさったかは、皆目見当が付きません」

「それは……」

伸一は、次の言葉が見つからなかった。

ファッションモデルのような先程の女性店員が冷たいお茶を運んできた。

健太郎の話によれば、彼の先々代、つまり彼の祖父・玄蔵がここに金沢写真館を開いたのは昭和十年、太平洋戦争が始まる少し前の頃である。

当時のチェンマイでは写真館は珍しく、金沢写真館は記念写真を撮りに来る客で盛況を極めたらしい。

「祖父はただの写真屋ではあきたらず、暇を見つけては街の風景や、市井の人たちを撮っていたようです。祖父が撮りためた写真は今では貴重な資料らしく、新聞社やテレビ局に頼まれて貸し出すことがよくありますね。市内のレストランなどに飾ってある昔のチェンマイの風景写真のほとんどは祖父が写したものですよ。チェンマイ国立博物館に展示されている、一九三〇年―一九四〇年代の写真も祖父が撮ったものです。おそらく、長谷さんのお父様も、そういった写真をご覧になりたかったのではないかと思いますが……」

伸一とやまちゃんは、健太郎に丁重に礼を述べて店を辞した。

やまちゃんが店の入口にあるガネーシャの鼻を撫でたのを見た女性店員が、

「サワディー・カー《さようなら》」と言ってにっこりと微笑んだ。


二人がホテルに帰ると、京子はまるで部屋に一人残されていた幼児のように、堰《せき》を切ったように話し始めた。

「あなたたちがここを出てほんのすぐ、そう十分ぐらい後だったかしら。バンクという若い警察官が来て、『僕はシリコーン刑事の部下で、署長からあなたたちの面倒を見るように仰せ付かって参りました。何か不自由なことはありませんか?』と言うの」

「母さん、その警察官は英語を話せるの?」

「そう上手くはないけど、なんとか話せるわね。まあ、母さんと似たり寄ったりというところね。それに、ホテルのオーナーのオラヌットさんが、私たちの会話の手助けをして下さったの。バンクとオラヌットさんとは、どうやら懇意の間柄に見えたわね。でも、『今日は何をお願いしたらよいか判らないので、その時はよろしく』と言っておいたわ。

そうそう、父さんのカメラに入っていたフィルムを現像してみたのだけど、寺院と仏像の他には片手を上げて手招きしている女性、ほら父さんがいつも書斎の書棚の上に飾っていた幸運を呼び込むという招き女。確か……ナンクワとか言ったわね。そんなものが写っていただけだったわ」

翌日、三人は、チェンマイからおよそ二十キロ離れたランプーンにある倉持電機の現地工場に、チェンマイ邦人会会長の稲垣文太を訪ねた。

チェンマイからランプーンへ通じる街道は、天に聳えるように立っている見事なゴムの木の街路樹が何処までも続いていた。

途中、車は旧街道を左に折れて、高速道路に入った。日系企業を中心とした三十数社の工場が集まっている工業団地が、その高速道路沿いに広がっていた。

目指す倉持電機は、工業団地のほぼ中央に建っていて、その敷地を取り囲むように植えられた樹木が、まるで太陽と競い合うかのように真紅の花を咲かせていた。様々な花が彩りを添えている風景は、工業団地という無機的なイメージとはおよそかけ離れた世界だった。

四十を少し超えたと思われる稲垣文太は、丁重に三人を社長室に迎え入れた。

「ご心配ですね。事件に巻き込まれていないといいのですが……。なにしろ、タイは殺人事件の発生率が日本の八倍もありましてね。敬虔な仏教徒のタイ人は、一見温和に見えるのですが、一旦激すると歯止めがきかなくなってしまいます。私たちも、タイ人の従業員に注意する時は、大変気を遣います。本人に恥をかかせないようにとね。それに日本流の義理人情といったものは彼らには全く通じません。たとえば、誰かに助けられたり、面倒を見てもらったりしても、その人に対して特に恩義を感じることはないようです。金の有る人はない人に与える、困っている人がいれば手を差し伸べる、それを当然と考えるようです。国民性の違いですかね。私はタイに来て、もうかれこれ五年にもなりますが、今もって彼らを理解出来ない部分がありますね」

タイ人批判を更に続けそうな稲垣の様子に、堪り兼ねたようにやまちゃんが言った。

「長谷さんが、邦人会の方を取材したという話をお聞きになったことはありませんか？」

「いや、そんな話は全く聞いておりません。そもそも、こちらの邦人会のメンバーはほとんどは日系企業の駐在員とそのご家族でして、仮に長谷さんが取材されたとしても、作品の参考になるような面白い話は出なかったと思いますよ。タイは、一見なんでもありの寛大な国のように見えますが、実は大変な階級社会でして、上の階層と下の階層との間には歴然とした一線が引かれています。日本では考えられないことですが、上のクラスの人たちは下の連中と話す時は言葉遣いも実に横柄になりますね。たとえば、上のクラスの者が下の連中と食事を一緒にしたり、同じレベルの付合いをすると、彼は上流社会から軽蔑されるだけでなく下の連中からも馬鹿にされてしまうのです。これが日本ですと、上司が部下と居酒屋にでも行けば話が解る人だと好感を持たれますよね。それがタイでは逆なのですね。文化の違いと言いますか……。でも、我々日本人には、どこからが上流階級でどこからが下層階級かの見極めがつきません。そこで、邦人会や日系企業では、やたらタイ人と私的に交際しないよう指導しているのです。うっかり付き合う相手を間違えると後が大変ですからね。そういうわけですから、タイ人とほとんど交流のない邦人会に、長谷さんの情報がタイ側から入ってくる可能性はまずないと思いますよ」

要は、稲垣文太は、邦人会会長としても日系企業の社長としても、この事件とは少しも関り合いたくないといった様子だった。

車窓を流れるゴムの木の街路樹を見ながら、やまちゃんは吐き捨てるように言った。

「全く、あれが同じ日本人に対する態度ですかね」

「まあ、まあ、やまちゃん。あれで連中も大変なんじゃないの。言葉も習慣も違う暑い南の国に送り込まれて、しかも、日本の本社からは絶えず尻を叩かれる。とにかく、まずは無難に過ごしたい、そう考えるのは無理もないんじゃないの」

「それは、解らなくもないのですが、日本ではただの平サラリーマンが、こちらでは豪邸と運転手や女中まで与えられて、すっかり上流階級の仲間入りをしたつもりになっている……」

「あら、山本さん、それはやっかみなの？　じゃあ訊きますが、バンコクに駐在している山本さんはどうなの？」

「お母さん、今度、バンコクにある僕の部屋に案内しますよ。そりゃひどいものですよ」


結局、何の収穫も得られないまま伸一と京子は日本に、やまちゃんはバンコクに引き返した。

＊仏陀の日……陰暦で定められた仏教徒にとっての聖なる日。月に四日間程度ある。この日、風俗店は休業となり、飲食店は酒を出すと罰せられる。

四．父の哲学

記録映画監督だった一郎は、国内外のロケのために家を空けることが多く、時には半年余りも帰らないことがあった。

伸一が子供の頃、ロケに出かける父に向かって「次はいつ来るの？」と言ったと、後年、一郎が苦笑しながら話してくれたのを憶えている。

一郎は仕事柄、家にいないことが多かったが、伸一や貴子にとってはこのうえもなく優しい父親だった。家にいる時は、いつも二人の遊び相手になってくれたし、夜は夜で、二人が寝付くまで楽しい話を聞かせてくれた。

大学受験の勉強で深夜まで頑張っている伸一に、「コーヒーを飲まないか」と、シナリオを書いていた一郎が声をかけてくれたことも、今となっては懐かしい。

そんな時、一郎は書いているシナリオについて、伸一の意見を求めることがあった。自分を子供としてではなく、同じレベルの人間として扱ってくれる一郎とのコーヒータイムは、伸一にとって掛替えのない充実した時間だった。

「人間って面白いね。実に奥が深い」

それが一郎の口癖だった。

伸一は、大学の法学部に進んだ自分が畑違いのテレビ局に入ったのも、一郎の背中を見て育ったせいかもしれないと思うことがある。

一郎は、テレビ局で制作した伸一の作品には必ず目を通し、容赦ない批評を加えた。

「とにかく、妥協したら負けだ。現場は戦場だということを忘れるな」

一郎が厳しい口調で伸一に繰り返す言葉は、時として一郎自身を戒めているように聞こえることもあった。


一郎がテレビのドキュメンタリー番組の取材でタイに足を運ぶようになったのは、伸一が大学生になった頃である。

タイの山岳民族の娘と結婚し、そのまま彼の地に残留している元日本兵を扱ったその作品は、海外物といえば観光紹介が中心だった当時としては、異色の作品として高い評価を得、その年のドキュメンタリー部門の最優秀作品に選ばれている。

茶の間で母と妹と一緒にその作品を観た伸一は、元日本兵の扱いが如何にも父らしいと思った。

もし、同じテーマを他の監督が扱っていたら、おそらく、元日本兵を戦争という大きな時代の流れにその運命を翻弄された人間として描いた感傷的な作品に仕上げていたに違いない。伸一は、三十三歳になった今でも父が書いたナレーションをはっきりと憶えている。

〝元日本兵に、望郷の念が全くないといえば嘘になる。

しかし、今は、異郷にしっかりと根を下ろした彼にとって、遠く離れた日本への思いは、子供の頃を写した色褪せたアルバムを捲るようなものだ。

彼を見て感傷に浸るのは第三者であって、今を力一杯生きている彼に感傷はない。

人は死後再び生まれ変わるというタイの仏教が教える輪廻転生の世界を、彼はすでに現世で具現しているのではないだろうか〟

そのナレーションを聞いた時、伸一は、「人生にも作品にも、詩と哲学が必要だ」と常日頃言っていた一郎の言葉を聞く思いがした。


一郎がタイに足繁く通うようになったのは、それからのことである。

「タイは全てを忘れさせてくれる。自分自身を改めて見直すにはもってこいの場所だ」

それが一郎の口癖だった。

一郎がタイに魅せられた本当の理由は何だったのだろう。
今となっては、何かもっと深い事情があったように思えてならない。

五．ナンクワ

その後、伸一は何度となくチェンマイの領事館に連絡を入れてはみたが、いつも「お気の毒ですが何の手懸りもありません」という判を押したような返事しか戻ってこなかった。テレビや新聞も、一郎の失踪事件をとっくに扱わなくなっていた。

一週間も局泊まりが続き久し振りに帰宅した伸一に、京子が待ちかねていたかのようにたたみ掛けた。

「父さんが、お祖父様から譲り受けて大切にしていた、あのナンクワが書斎から消えているの」

そのブロンズ製のナンクワは、高さ三十センチくらいで、右手は手首を曲げて手招きし、左手は横座りした膝の上に置いた金貨を入れる壺をしっかりと握っている。顔は、およそタイ人とは程遠い彫りの深いギリシャ風で、豊かな髪を後ろに束ねたその風貌には、高貴な艶かしさが漂っていた。

書斎からナンクワを持ち出すのは一郎をおいて他には考えられない。

しかも、一郎がタイへ出発する前日、いつものようにナンクワに水を供えている姿を京子ははっきりと記憶している。

あれだけ大切にしていたナンクワを一郎はなぜタイに持って行ったのか。

ホテルに残されていたスーツケースにナンクワがなかったということは、タイで誰かの手に渡ってしまっていると思われる。

ふと、伸一は、一郎の失踪とナンクワとが何処かで結びついているのではないかと思った。

伸一はバンコクのやまちゃんに、ナンクワについて出来るだけ詳しい情報を寄せて欲しいとメールを送った。


翌日、伸一が帰宅するとやまちゃんからの返事が待っていた。

〃先輩、お訊ねの件、早速調べてみました。

実は、僕もナンクワなんて知らなかったのですが、支局のタイ人に聞いてみると、それなら、商売繁盛を願って商家なら必ずといっていいくらい、どの家でも祀ってあると言うのです。実際、この眼で確かめてみると、なるほど、どの店にもありましたね。ブロンズ像もあれば、陶器で出来たものもある。中には、うんと安っぽいビニール製のものもありました。要は日本の招き猫ですよ。大きさもまちまちで、五十センチぐらいのものもあれば、十センチぐらいの小さなものもあります。

なぜ、日本では猫で、タイでは女なのかその理由は判りません。由来については、ずいぶん昔からあったというだけで、いつ頃からその風習が根付いたかは、はっきりしていないそうです。

発祥地ですが、バンコクの隣のロッブリー県だと言われています。

面白いのは、このナンクワを売っているのは仏具屋ではなく、お寺だということです。ナンクワをお寺で買うと、坊さんが入魂の儀式をしてくれるそうです。

そうそう、商家ではナンクワに毎朝水と食べ物を供えます。ナンクワはなぜか、赤い色をした甘いジュースが一番好きだと言われていますが、緑の水をお供えした方が霊験あらたかだと言う人もいて、本当の好物が何なのかはよく判っていません。

値段はピンキリで、安いものなら千円前後、高いものなら一万円以上です。

先輩、お役に立てたでしょうか？〟

伸一がブロンズ製のナンクワを初めて見たのは、小学生の頃、妹と祖父の家で夏休みを過ごした時だった。

白鷺城で名高い姫路市の郊外で医院を開いていた祖父・弥太郎は、膨大な骨董品を収集し、それらを飾っておくために粋を凝らした離れ座敷を造っていた。

来客があると、その離れ座敷に案内し、特に蘊蓄《うんちく》をたれることもなく静かに客と一緒に収集品を愛でているようだった。休日には、一人、離れ座敷に籠《こも》って一日中楽しんでいることもあった。

祖父は伸一や貴子をたいそう可愛がってくれてはいたが、この離れ座敷だけは子供が入るところではないと、入れてくれようとはしなかった。

夏休みも終りに近付き、明日、京子が二人を迎えに来ることになっていた日のことだった。

伸一と貴子は祖父が往診に行くのを見計らって、離れ座敷に忍び込んだ。

入り日を防ぐために厚手のカーテンがしっかりと閉められた部屋は、昼でも薄暗く木の香りが部屋一杯に広がっていた。

突如、大蛇と化した清姫が安珍を襲う姿が二人の視界に飛び込んできた。白い面の文楽人形たちが不意の侵入者たちを覚《さと》って、ぴたりと口を閉ざしてしまったような気配がした。

貴子は、伸一にしがみつき体を震わせている。伸一も一刻も早くこの場を逃げ出したい気持ちだったが、妹の手前、死ぬ思いで次の部屋の襖を開けた。

二番目の部屋には、端然とした数々の壺が見事な黒檀の家具の中に並べられていた。

貴子の恐怖心が限界に達したと思われた時、伸一は壺の後ろにひっそりと置かれている不思議なブロンズ像を見つけた。

子供心にも、祖父が集めている骨董品の中でこれだけは異質に思えた。

「近在一」と言われた大地主の一人息子として育てられた弥太郎は、東京帝国大学医学部を卒業後、同付属病院に勤務中、召集を受けて陸軍軍医となり、主として東南アジアを転戦した。そして、昭和二十年八月十五日、タイの首都バンコクで終戦を迎え、収容所生活を経て同年十二月に日本の土を踏んでいる。

以後、故郷で医院を開き、生涯、田舎医者に敢えて甘んじた。

一郎の話によれば、祖父は貧しい人たちからは治療費を一切取らず、医は仁術なりを地でいくような人だったらしい。その一方で、贅を尽くした生活を楽しむことが出来たのは、長谷家が所有していた広大な山林と田畑によるものだったと思われる。

若き学究として、将来を嘱望されていた弥太郎が、復員後、一転して市井の人となった理由については一郎にも知らされていないようだった。

伸一が高校生の頃、弥太郎の生き方に大きな影響を及ぼしたと思われる軍医時代のことを聞き出そうとした時も、「あれはもう昔のことだからね」と、お茶を濁したままそれ以上のことは話そうとはしなかった。

期待外れの顔をしている伸一に、祖父は一言付け加えた。

「タイの人は本当におおらかで、心の優しい人たちが多かったね。それが軍医時代の唯一の救いだった。伸一も、大学生になったら一度タイに行ってみるといい」

弥太郎が亡くなったのは伸一が大学に入学して間もない頃で、その直後、一郎が元日本兵の取材のためにタイに出向いている。

六．辻参謀

一郎の書斎からナンクワが消えていることが判ったが、伸一にも京子にも、一郎がなぜナンクワをわざわざタイに持って行ったのか皆目見当が付かなかった。

念のため、ナンクワが失くなっていることをシリコーン刑事には知らせたが、たかが人形であり、失踪前に一郎が手放した可能性もあるということで、特に捜査の参考資料にする気はなさそうだった。

弥太郎の死と相前後した一郎のタイへの取材開始、そして一郎の失踪とナンクワの消失――。

伸一は懸命に推理の糸を手繰った。


子供の頃、母が止めるのも聞かずに、仕事をしている父の書斎に入り込んでは遊んでもらった記憶があるが、成人した今は書斎に父を訪ねることはほとんどなくなっていた。

伸一は書斎のドアを開け、電灯のスイッチを入れた。

久し振りに見る父の書斎は相変らず整然と整理されていて、机の上に並べられた資料までが、まるで物差しで計ったかのように寸分の狂いもなく等間隔に置かれていた。京子の話によると、机の横にある本箱の上にナンクワを祀っていたそうだが、そこにはナンクワへの供え物を入れる容器しか残されていなかった。

その青磁色をしたセラドン焼きの容器を手にしようとした伸一は、本箱の最上段に目を奪われた。

そこに収納されている十数冊の本には、びっしりと付箋が貼り付けられている。

興味をそそられた伸一は本箱を開けて、付箋が貼り付けられている本を取り出した。

「七人の僧」「憑かれた参謀」――この文字を眼にした伸一は懐かしい気持ちになった。

それらはいずれも、旧日本陸軍の高級参謀だった辻政信に関するもので、付箋が施されている頁はどれも、辻参謀がタイに駐留していた頃の記述部分であった。

辻政信といえば、伸一には忘れられない思い出があった。

弥太郎の死後、アルバムを整理していた一郎が書斎に伸一と貴子を呼んで得意そうに一枚の写真を見せたことがある。

「この人が、かの有名な辻参謀だよ」

色褪せてセピア色になってしまっている写真には、眼光鋭い男が床の間を背に祖父と並び、その左右には一郎や家族、そして町の有力者らしい人々と芸者衆と思われるきれいどころが写っていた。

この日、一郎は珍しく饒舌だった。

「この写真は、昭和三十四年参議院議員全国区に立候補した辻参謀が、全国を遊説中に我が家に一泊した時に撮ったものでね。当時、高校生だった父さんは、すでに伝説の人となっていた辻参謀に会えて、すっかり興奮してしまったのを今でも憶えているよ」

まるで少年のように頬を紅潮させて語る一郎には悪いと思ったが、辻参謀という名を初めて耳にした伸一にとっては、正直なところどんな感動もなかった。

「父さん、辻参謀ってどんな人なの？」

写真を覗き込んでいた貴子の無邪気な問いに、伸一は救われた気がした。

一瞬、一郎は驚いたように貴子を見てから伸一に訊ねた。

「伸一、お前は知っているだろう？」

黙っている伸一を見て、一郎は呆れたというように大声を出して笑った。

「なーんだ、中学生の貴子はともかくとして、大学生の伸一も辻参謀を知らないとはねえ。あれほど有名な人をだよ」

「だから、どういう人なの？」

貴子はもう一度写真を覗き込みながら、一郎を促した。

「旧陸軍の高級参謀だった辻政信を一躍有名にしたのは、彼の著書『潜行三千里』だった。彼は、太平洋戦争中、主に東南アジアで高級参謀として活躍していたが、昭和二十年八月十五日、タイの首都バンコクで終戦を迎える。この日を境に、彼は栄光の座から、一転して戦犯として連合国から追われる身となった。期するところがあった彼は、厳しい捜査の網を掻《か》い潜《くぐ》って幾多の困難と戦いながら、タイからラオス、そして中国を経て日本へと見事脱出に成功する。その自らの体験を書いたのが『潜行三千里』だよ。この本は、当時、敗戦の痛手から立ち直れず、もがき苦しんでいた日本人に勇気を与えるものとして共感を呼び、大ベストセラーとなった」

いつもと違う一郎の力の入った語り口に、伸一も貴子も次第に引き込まれていった。

「金沢の兼六公園で開かれた時局講演会には、彼を一目見ようと数万の聴衆が駆け付けたそうだ。その後、郷里石川県から衆議院議員に出馬した彼は、四度、連続当選、次いで昭和三十四年参議院議員全国区に立候補、この時も見事大量得票でその地位を得ている。しかし、それから二年後の昭和三十六年、辻政信の名を一層有名にした事件が起こった。その年の四月、国会議員として東南アジア視察に旅立った彼が、ラオスで忽然と姿を消したからだ。以後今日に至るまで、彼の行方は杳《よう》として知られていない……」

一郎はここで大きく息を吸い込むと、タバコに火を点けた。

今度は、すっかり話の虜になってしまった伸一が、一郎に先を促した。

「父さん、波瀾万丈ってこういうことを言うんですね。行方不明になった時、参謀は何歳だったんですか？」

「確か、五十八歳だったはずだよ。どうだ、お前たちも父さんが辻参謀に会った時の高揚した気持ちが解るだろう。それからというもの、辻参謀に関係する本は片っ端から読んだね。とにかく、彼が単に頭の切れる参謀に留まっていなかったところに父さんは魅かれた」

「たとえば？」

貴子も目を輝かしている。

「彼にはカリスマ性というか、何か人を惹き付けずにおかないものがあったらしい。日中戦争、ノモンハン事件、太平洋戦争といえば日本の命運を大きく左右した戦《いくさ》だが、彼の言動がいずれの戦にも少なからず影響を与えていると言う人もいる。上下関係が極めて厳しかった軍隊にあって、普通なら、少将、中将、大将といった将官クラスを差し置いて、佐官クラスの彼が意見を通せたとは思えないのだが。それをやってのけたところが彼がカリスマ的存在と言われる所以だね。もっとも、そんな彼を策士と書いている本もあるが……」

「国会議員としての評価はどうだったんですか？」

「普通、代議士は選出してくれた地元民のために、橋を架けたり、道路を建設しようと奔走するだろう。ところが、彼は『代議士たる者は世界的な視野で物事を考えるべきだ』と言って、地元民の陳情には一切応じなかったそうだ。彼がラオスから姿を消した昭和三十六年といえば、日本が日米安保条約を巡って大揺れに揺れていた時代でね。辻参謀も岸首相と何度も渡り合っている。しかし、政治家としては、終始一匹狼的存在だったようだね。水清ければ魚住まずとでも言うのか、清濁併せ呑むことも必要な政界には向いていなかったかもしれないね。彼にはこんな逸話も残っている。ベストセラーとなった『潜行三千里』で得た巨額の印税を、全てかつての上官や部下の遺族に寄付している。その年、高額納税者番付けの作家部門でベストテンに入ったくらいだから半端な額ではない。しかし彼自身は息子たちの学費を払うのにも窮したそうだ」

その日の一郎の話は止まるところを知らなかった。

その後、伸一は一郎から本を借りて辻参謀の伝記物を数冊読んだが、著者によってこれほど見事に毀誉褒貶《きよほうへん》が分かれる人物も珍しい。

伸一は本箱から取り出した本をもう一度開いてみた。巻頭には、失踪直前の僧衣をまとった辻参謀の写真が載せられている。

写真を見ながら伸一は考えた。

権謀術数の人、辻参謀と、風流人として生きた祖父とはどう考えても結びつかない――。

唯一、二人の接点があるとすれば、祖父がバンコクで軍医をしていた昭和十八年から二十年にかけての二年間である。昭和三十四年当時、全国にその名を知られ、国会議員として多忙を極めていた辻参謀が、わざわざ田舎町の祖父の家に一夜の宿を求めた目的はなんだったのだろう――。


その夜、伸一は不思議な夢を見た。

深夜の離れ座敷で、辻参謀と祖父がナンクワを前に密談を交わしている。

部屋に燈《とも》されたろうそくの明かりが、二人とナンクワのシルエットを障子に照らし出していた。

七．水死体

十一月も半ばを過ぎた頃、突然、チェンマイ日本領事館の後藤領事から伸一に連絡が入った。身元不明の日本人男性らしい遺体がチェンマイ郊外の湖で発見されたので、至急確認に来て欲しい、遺体の推定年齢は五十歳から七十歳と思われるということだった。

知らせを聞いて、半狂乱になってしまった京子を貴子と孝夫に頼んで、伸一は翌日の夕方単身チェンマイに入った。

空港には木村部長から連絡を受けたやまちゃんと日本領事館の職員、それに警察官バンクが待ち受けていた。

伸一は挨拶もそこそこに、一行と中央警察署に向かった。

玄関で待ち受けていたシリコーン刑事の案内で署内の長い廊下を通って庭に出た。途中、何人かの警察官とすれ違ったが、いずれの警察官も丁寧に「サワディー・クラップ」《こんばんは》と言いながら両手を合わせた。

先頭を歩いていたシリコーン刑事が庭の向こうに見える別棟を指差して、「あれが遺体保管室だ」と言った。入口の外燈には蛾がぎっしりと集まっていて、それを狙う数匹のヤモリが敏捷に走り回っていた。

部屋に足を一歩踏み入れた時、伸一は軽い目眩を覚えた。部屋の中には冷気が漂っている。

女性係官が遺体を覆っている布を取った。

一瞬、伸一の視界から全てが消えた。

やまちゃんとバンクが伸一を支えた。

領事館職員は死体から眼を背け、ハンカチで口を押さえている。

伸一は、思い切って白く膨れ上がった遺体に近付いた。

「おやじではありません！」

伸一は叫んだ。

「もう一度、よく見て下さい」

シリコーン刑事と女性係官が伸一を促した。

白蝋《はくろう》のような遺体は、かろうじて人間の原形を留めていた。

「先輩、仏は左手の小指が詰められていますね。その筋のものじゃないですか?」

やまちゃんがシリコーン刑事に向かって、もういいだろうというふうに手を横に振った。

女性係官が遺体に布を掛けるのを横目に、シリコーン刑事は吐き捨てるようにタイ語で何かを呟いた。

「奴は、今、なんて言ったのだ」

きっとして、伸一はやまちゃんに問い質した。

「『因果応報』だってさ。仏に対してずいぶんじゃないか」

憮然として、やまちゃんは伸一の問いに答えた。


やまちゃんとホテルの部屋に入った伸一は、上着も脱がずに急いで京子へ電話をかけた。

「本当に父さんじゃなかったのね。本当にそうなのね。間違いないわね」

京子は執拗に繰り返した。貴子と孝夫も代る代る電話に出てきて、伸一の言葉を確認した。

「先輩、とにかく乾杯しましょう」

やまちゃんがビールの栓を抜いて、伸一のグラスに注いだ。

「ところで先輩、お父さんは偶発的な事件に巻き込まれたと思います？」

「それなんだがね、たとえば、路上で強盗に遭うなど最悪の事態に遭遇していたとしたら、今日のように偶然死体が発見されるまで待つしかない。ただ、俺はどうもそうじゃない気がするのだ」

「というと？」

「おやじの失踪とおやじの取材が、何か関係しているように思えるんだな」

「お父さんの取材の目的は何だったのですか？」

「それが、最近、俺も忙しかったので、おやじとも余り話す機会がなかったのでね。おやじが関係しているプロダクションにも問合せてみたんだが、シナリオハンティングにタイに行くとしか聞いていないという返事だった」

「シリコーン刑事も言っていたように、取材ノートが残っていないのが引っかかりますね。それを持ち出した奴がいるとすればそいつが犯人か、その一味ということになりますね」

やまちゃんは、ハイピッチでビールを飲み続けた。

「木村部長には、僕から連絡を入れておきます」と言い残して、翌朝、やまちゃんは朝一番の飛行機でバンコクに帰っていった。

八．裏情報

扇風機の風と開放されたドアの外から入ってくる風とが、微妙な組合せとなって、冷房のないホテルの食堂を快適にしていた。

伸一が一人で朝食をとっていると、「サワディー・クラップ《おはようございます》」と両手を胸の前に合わせて警察官の制服姿も凛々しいバンクが、赤鼻の谷村と入ってきた。


タイでは全ての人が、本名の他に親が名付けた〝チューレン（遊び名）〟と呼ばれるニックネームを持っていて、普段は互いにニックネームで呼び合っている。

この二十八歳のバンクの場合、バンクという名はニックネームで、銀行《バンク》のように金持ちになって欲しいという両親の願いが込められているということだった。

遊び心のあるタイ人は子供につけるニックネームを楽しんでいるようで、宝石とか虹、月光、または象、犬、猫、鳥といった動物の名前など実に多様で面白い。中には、アルファベットの

AやBと簡単に済ませているのもあれば、欧米人のようにジョンやトム、また、〝ノイ（ほんの少し）〟とか、〝レック（チビ）〟などと遠慮深げに名付けている親もいる。

「長谷さん。バンクが取って置きの情報があるので、是非、長谷さんに知らせてあげたいと言うものですから」

谷村は、意味ありげに赤鼻を指で擦った。

「ええ？　本当ですか？」

伸一は思わず身を乗り出した。

バンクは伸一の方を見て微笑みながら、谷村に何かを囁いた。

「長谷さん。バンクがね、その情報を摑むためにお金を相当遣ったので、せめて今までの分だけでも出してくれないかと言っています」

「警察官が捜査に自腹を切るのですか？」

「彼が持っている情報は、おそらく闇の世界から得たものでしょう。要は小遣いが欲しいということですよ」

「一体、どのくらい払ってやればいいんですか？」

「バンクは五千バーツくらい遣ったと言っていますが……」

バンクは、にこにこしながら二人の会話を見守っている。

「五千バーツというと、日本円で一万五千円ですか？」

「そう、バンクにとっては大金ですよ。彼の給料は、たぶん、月一万バーツ、つまり三万円にもならないでしょう。でも公務員の彼はまだいい方です。チェンマイで月収二万円を超すのは大変なことですからね」

「解りました。背に腹はかえられません。とにかく、何か手懸りが欲しいのです」

伸一は財布から千バーツを五枚取り出してバンクに手渡した。

バンクは特に悪びれた様子もなく、満面に笑みを浮かべながら金を胸のポケットにしまい込んだ。

「今晩七時、大丈夫？」

バンクは片言の英語で、伸一に直接語りかけた。

「オーケー」

伸一はバンクと握手を交わした。

「今晩七時、ナイトバザールの裏側にあるバー〝歌舞伎町〟で、ある人に会わせると言っています。私が六時半にここへ迎えに来ます」

礼を言う伸一に、谷村は照れ臭そうに鼻の頭を撫でた。

伸一は地図を片手に、トゥクトゥク（三輪車のタクシー）を拾って、ほぼ正方形に近い旧市街地を回ってみた。

チェンマイは、バンコクに次ぐ都市と聞いていたが、車さえあれば十数分で市内の何処にでも行ける広さである。人口もバンコクの七百万人に比べてわずか十八万人、伸一が住んでいる藤沢市の半分にも満たない。

それにしても、実に寺が多い。特に旧市街には広大な敷地を持つ寺が至るところにあり、まるで寺が旧市街地のほとんどを占めているかのように見える。

旧市街を一周したトゥクトゥクがピン川を渡り始めた。

「マッサージ、サバイサバイ《きもちいい》」と運転手が振り向いて執拗に誘う。

「ノーサンキュー」

伸一が三度きっぱりと断ると、さすがに諦めて後ろを振り向かなくなった。

伸一は、ピン川を渡ったところでトゥクトゥクを降りた。

川原に面した道路脇には、食べ物や飲み物を売る屋台が数軒並んでいる。

伸一は二十バーツ（約六十円）のカオパット（タイ風焼飯）を注文して、川原のベンチに腰を下ろした。

頬を打つ風が気持ちよい。川面をゆったりと緑の水草が流れていく。足元を極彩色のトカゲが駆け抜けた。

屋台の太ったおばさんが、ニコニコしながらカオパットと水をベンチまで持ってきて、「コンイープン《日本人》?」と訊ねた。タイ米を使ったカオパットは粘り気がなく、ぱらぱらとしていて実に美味い。

川原から舗道に出た伸一は、道路の向こう側にある店先のガネーシャに気が付いた。

(そうだ、金沢健太郎をもう一度訪ねてみよう)

伸一は道路を渡った。

「その後、何か手懸りは見つかりましたか?」

健太郎が穏やかそうな顔を曇らせて訊ねたので、伸一は今回チェンマイに来た経緯を話した。

「どうも話が変ですね。こちらでは、湖から上がった死体は神戸のヤクザだと、もっぱらの噂でしたよ。なんでも、シンジケートと手を組んで麻薬の取引をしようとしたが話がこじれたとか……。たぶん、お金の問題でしょうが……」

「死体がヤクザと判っていて、どうして僕をわざわざ日本から呼んだのでしょう?」

「私にもその理由はわかりませんが……。警察としては、一応念のために死体検分をお願いしたのではないでしょうか?」

「それから、一つ気になることがあるのですが、昨夜、担当刑事が別れ際に『因果応報』と吐き捨てるように言ったのです。それが僕たちに対してなのか、遺体に向かってなのかよく判らなかったのですが」

「その場に居合せなかった私にはなんとも言えませんが、あなた方に対してまさかそんな失礼な言い方はしないでしょう。しかし、遺体に向かってだとしたら、その遺体が誰なのか彼は知っていたのではないでしょうか。つまり、殺されても仕方のない人間だと刑事は思っていたのでしょう」


伸一は話題を変えて、健太郎の祖父・玄蔵が撮った戦前のチェンマイの写真を見せてくれないかと頼んだ。健太郎は二つ返事で伸一を二階に案内した。

二階は往時の写真館の趣をそのままに残していた。今では懐かしいマグネシウムを焚く乾板《かんぱん》、三脚、そして大仰なカメラが飾られていた。

その奥にはチーク材で造られた大きな書棚が数基並んでいて、いずれの書棚にもファイルがぎっしりと納められていた。

「祖父が亡くなった後、父とこれを整理するのが大変でした。なにしろ半世紀以上も前のものですから、父にも私にも、いつ何処で撮ったものか見当が付かない写真が多くて、あちこち聞いて回った思い出があります」

伸一は健太郎の許可を得て、「昭和十九年―二十年」と書かれているファイルを一冊取り出した。当時のチェンマイを撮ったものに混ざって、日本兵の様々なスナップ写真がファイルされていた。寺で野営する日本兵、街を行進する日本兵、タイの子供たちに日本語を教えている日本兵――。

「失礼ですが、太平洋戦争ではタイが日本の同盟国だったことはご存じでしょうか？」

「ええ。軍医だった僕の祖父もバンコクで終戦を迎えていますので、同盟国だったことくらいは知っていますが……」

「昭和二十年の終戦時には、このチェンマイにも三万人くらいの日本兵が駐屯していたそうですよ。ただ、撮っている場所がどうしても判らない写真が結構ありました。樹木がうっそうと繁った山中、蛇行する川、道路など――。祖父が何を目的に撮ったのか、最初は理解に苦しみました。しかし、軍人だった祖父が軍の特命を受けてチェンマイで写真館を開き、密かにチェンマイ周辺をフィルムに納めて、軍に情報を提供していた密偵だったことを父から聞いた時、それらの写真が何だったのか判ったような気がしました」

健太郎は未整理になっている写真の一部を紙袋から取り出して、机の上に並べてみせた。

「たとえば、この一連の写真は山や川の地形から想像して、今は観光地として有名になっているメーサロン周辺だと思われます。ほら、中国国民党の残党が住み着いたところですよ。現在はすっかり茶畑になってしまっていて、この写真からは想像もつきませんが……。そうそう、あの台湾出身の歌姫テレサ・テンが密かに資金援助していたという噂があったところですよ」

「テレサ・テンというと、確かチェンマイで急死しましたよね？」

「そう、彼女が倒れたのはナイトバザールに近いメーピン・ホテルです。死因は持病の喘息とのことですが、台湾の特務機関と繋がりがあったとも言われていますし、その死因について疑義を挟む人もいるようです」

伸一は机の上の写真を再び手に取った。

（おそらく、おやじもこの写真を手にしたに違いない——）

その手のぬくもりが写真にまだ残っているような気がした。

九．ナイトバザール

六時半きっかりに、谷村は伸一を迎えにホテルにやって来た。

ホテルからナイトバザールまでは車でほんの数分だったが、そこからが大変だった。

ナイトバザールは、チェンマイ一の観光スポットで、夜七時頃から深夜まで、およそ一キロにわたってチャンクラン通りの両側に土産物を並べた屋台がぎっしりと立ち並ぶ。ここは連夜、世界各地から集まって来る観光客でごった返し、舗道は人、人で埋もれる。

売っている品物は、ほとんどが偽のブランド商品で、客もそれを承知のうえで冗談半分で買っていく。売り子と値段の交渉をするのも客の楽しみの一つで、最終的には最初の言い値の大体半分で決着が付く。中には、売り子自身が「偽物ね」とにこにこしながら売っている店もある。

伸一は汗だくになりながら、人混みの中を前へと進んだ。谷村の背中を見失わないよう気を付けるのが精一杯だった。

舗道の両側に並んでいる店から「安いよ」「安いよ」といった日本語が飛び交ってくる。どうして彼らには、自分が日本人だと判るのか伸一には不思議だった。

谷村が振り向いて、「次の路地を左に入りますよ」と大声で言った。それに従ってナイトバザールの一歩裏に入ると、今度はバーが軒を連ねていた。谷村はその中の一軒を指差して、「ここです」と言った。

真赤な豆電球で飾り付けられたドアの上から、〝歌舞伎町〟と書かれた赤提灯がぶら下がっている。谷村に続いて伸一はそのドアを押した。

超ミニスカートのホステスが二人、谷村と伸一の腕を取った。薄暗い店内に目を凝らすと、怪しげな日本風の飾り付けが如何にもけばけばしい。

二人が席に着くと、パンチパーマのマスターが腰を屈めて、上手な日本語で「いらっしゃいませ」とおしぼりを差し出した。新宿の歌舞伎町で五年間、水商売の修業をしたというマスターはなかなかの日本語の遣い手である。

マスターがボックスを離れるのを待って、ホステスがグラスを掲げて「カンパイね」と嬌声を上げた。

待つこと一時間——突然、腰に拳銃をぶら下げた制服姿の警官が数名、バンクと一緒に入ってきた。バンクは警官一人一人を伸一に紹介した。他の客たちは警官を恐れたのか、そそくさと席を立った。

マスターが甲斐甲斐しく、警官に水割りを作っていく。

「タイでは、誰かを招待すると必ず友人とか家族を連れて来ます。本人だけを誘ったつもりでいると、とんだ散財をさせられてしまいますよ」

谷村は眼を細めて水割りを舐めるように飲みながら言った。皆に水割りが行き亘ったのを見計らって、マスターが別のテーブルに伸一とバンクを招いた。

「バンクから、あなたのお父さんについてなんでもいいから情報が欲しいと頼まれましてね。お父さんとは直接お会いしたことはないのですが、以前、この辺りを歩いていらっしゃったのを何度か見かけたことがあります。私は商売柄、お客さんの顔を憶える習慣が身に付いていましてね」

マスターは胸のポケットから一郎の写真を取り出した。

「この写真をバンクから見せられた時、この方なら見覚えがあると思ったのですよ」

「それで……」

「お父さんは、いつも同じタイ人の女性と連れ立って歩いていました。一週間前、偶然、その女性と街ですれ違いましてね。彼女に写真を見せて、『この日本人の居場所を知っていたら教えて欲しい』と聞いたところ、『実は、私もこの人を探しています』という答えが返ってきました。しかし、私の勘では、彼女は何か隠しているような感じでした」

「その女性と会えますか？」

「もしお望みでしたら、その女性と連絡を取りましょう」

「すぐにでもお願い出来ますか？」

「解りました。名前はミャウ（猫の鳴き声を意味している）と聞いています。彼女の携帯電話の番号を聞き出してありますので……」

マスターはズボンのポケットから携帯電話を取り出して、手慣れた指捌《さば》きでボタンを押した。

伸一は息を殺してその電話の遣り取りを見守っていた。やおら電話を耳元から離したマスターは伸一に問い掛けた。

「ミャウは明日の朝十時にドイステープで待っているとのことですが、長谷さんは大丈夫ですか？」

「オーケー」と、伸一は親指と人差し指でOKサインを出した。

「ミャウは、長谷さんに是非会わせたい人がいると言っています」

「会わせたい人って？」

「いえ、ミャウはその人が誰かまでは教えませんでした」

伸一とマスターの遣り取りが終った頃、タイミングよく、グラスを持った谷村が赤い鼻を擦りながら伸一たちのテーブルにやって来た。

「マスターには、千バーツぐらいあげた方がいいですよ」

谷村は小狡そうな笑みを浮かべて、伸一の耳元に囁いた。

伸一から千バーツ紙幣を受け取ったマスターは、「コックン・カップ」と言って、無造作に紙幣を二つ折りにして胸ポケットに押し込んだ。

「ところで、ミャウという女性は一体どういう人物なのでしょうか？」

伸一は席を立とうとするマスターを引き止めた。

「この前会った時は電話番号を聞き出すのが精一杯でした。なにしろ、見ず知らずの彼女をいきなり路上で呼び止めたのですから」

それまで二人の会話を黙って聞いていたバンクが、「ミャウについては僕が調べておきましょう」と言ってから、取って付けたように「乾杯」と大声を上げてグラスを掲げた。

十．元日本兵

翌朝、上機嫌でホテルにやって来たバンクは自慢の愛車ピックアップ・トラックへ伸一を案内した。

その車は、日本の自動車メーカーがタイの工場で組み立てたもので、座席は運転席と助手席とその後ろの狭いシートだけで、後部はオープンの荷台となっている。

日本では農家で作業用に使われている代物で、まず乗用車にしている人はいないが、荷台に何人でも乗ることが出来るピックアップ・トラックは、チェンマイでは乗用車の主流となっている。

タイでは、自動車は他の物価に比べて実に高価で、車を持つことはかつての日本がそうであったように、ある種のステータスシンボルとなっている。

谷村の話によると、新車一台分のお金で、チェンマイ辺りでは三百坪くらいの庭付きの数部屋もある新築家屋を買うことが可能だそうだ。

それでも、見栄っ張りのタイの人たちは無理を承知で車を購入するが、毎月のローン支払いに追いつけず、十人中六人は一年程で泣く泣く車を手放しているとのことだった。

バンクはバイクやトゥクトゥクを巧みに避けながら、ターペー門の横から濠を渡り旧市街地を抜け出した。

チェンマイ大学の広大な敷地を横切ると、道路は蛇行しなら山の中腹にある寺、ドイステープへと続く。そこで、ミャウが伸一とバンクを待っているはずだ。

（ミャウとは一体どういう女性なのだろう）

伸一はいろいろな思いを巡らした。

その昔、高僧が建立したと伝えられるドイステープは、チェンマイ西方に位置する山の中腹にあり、百を超える石段の上に建っていた。ここにお参りに来て初めてチェンマイに来たと言うことが出来ると言われているくらいの、チェンマイを象徴する寺である。急な勾配が続く石段の両側に、仏陀を護る二体の龍が大きな体をくねらせていた。

流れ落ちる汗でサングラスが曇って先が見えない。急ぎ足で登る伸一の遥か後ろから、バンクがのんびりとマイペースでついて来る。

石段を登りつめ山門を潜り抜けると、そこは本堂で金色に輝く数体の仏像が安置されていた。

伸一は本堂の裏庭に出た。庭にはブーゲンビリアの大木が見事な花を咲かせていて、その真紅の花の向こうにチェンマイの街が広がっている。

「アーユー、シンイチ?」

突然の声に伸一は驚いて後ろを振り返った。

黒髪をきりりと後ろに束ねた白いブラウスに黒のスラックス姿の女性が、両手を胸の前で合わせてにっこりと微笑んでいる。

伸一はナンクワの化身が立っているのではないかと目を疑った。

バンクは黙って伸一とミャウを見比べている。

「伸一です。父の失踪についてご存じのことがあれば、どのようなことでも是非教えていただきたいのです」

「もちろん、私の知っていることでしたらなんでもお教えしますわ。ただその前に、伸一さんに是非会っていただきたい人がいるのです」

「誰にお会いすればよいのです?」

「私の祖父に会っていただきたいのです」

「どうして、あなたのお祖父様に私を会わせたいのです?」

「私の祖父は、実は日本人です」

「ええ？」

伸一は思わず聞き返した。

「祖父は、かつて日本の兵隊でした。祖母はメオ族ですが、その間に生まれたのが私の母です。以前、祖父を取材に来られた一郎さんをご案内したのが私です」

「十年前に放送された父の作品に出ていた元日本兵が、あなたのお祖父様だったのですか？」

「そうです」

まじまじとミャウの顔を見た伸一に、ミャウは静かに微笑みを返した。


メオ族の集落へ行くには、ドイステープから車で更に一時間も山道を登らなければならないが、ここから先はメオ族が許可した車以外は一切入れない。近年、メオ族の村が観光コースに組み込まれるようになってからは、彼らの利権を守るために、そのような処置がとられるようになったらしい。メオ族の若者が運転する車に伸一とミャウが乗るのを見届けて、バンクは山を下りた。

山間のでこぼこ道を走ることおよそ一時間、車はメオ族の村に着いた。

細い路地の両側には、土産物屋がぎっしりと軒を並べている。

「安いよ、安いよ」

ナイトバザールと同じように、ここでも、あちこちの店から変な日本語が飛び交っている。今では、こんな山間の村にも足を踏み入れる日本人が多いのだろう。店頭に立つ彼らの顔立ちは驚くほど日本人に近く、民族衣装を着ていなければ日本人と見分けがつかないくらいだった。

土産物屋の通りを過ぎると小さな段々畑があり、その向こうに木の皮を葺《ふ》いた高床式の民家が点在していた。

生まれたばかりの雛が親鶏の後に続いて、家の周りを忙しげに走り回っている。地べたに寝そべった犬は、来訪者に振り向きもしない。

今では観賞用のみの栽培が許されている芥子《けし》の花畑の前で、ゆったりとキセルを燻《くゆ》らせている老人がいた。ミャウは老人の前に屈み込むようにして、老人の耳元で囁いた。

「お祖父様、日本からのお客様ですよ」とでも言ったのだろう。老人はキセルをくわえ、煙を胸一杯に吸い込むと伸一を手招きした。

周囲には大麻の香りがかすかに漂っていた。

「一郎はんのぼん（坊）でっか？　わしは、山田五郎といいますねん。長谷軍医殿にはほんまにお世話になりました」

元日本兵だった老人は、一言一言、噛み締めるように話し始めた。その関西弁を伸一は妙に懐かしく感じた。老人は、伸一に訊かれるままに自分の生い立ちを淡々と語った。

元日本兵、山田五郎は、大阪府下の小作の五男としてこの世に生を享けている。

昭和十八年、二十歳で召集を受けた彼は、一年後中国雲南省を転戦するが、交戦中、左大腿部を敵弾が貫通。弥太郎が勤務していたバンコクの陸軍病院に転送された。

幸い、弥太郎の的確な処置によって一ヶ月の療養生活を経てようやく快方に向かったが、退院を一週間後に控えた彼に再び最前線への復帰命令が下された。

この時、彼を救ったのが弥太郎だった。

当時、日本軍には緒戦の勢いはすでになく、延びきった戦線は次々と連合軍に奪い返されていた。連合軍によって補給路を断たれ、武器、弾薬、食糧が枯渇し、兵員の補充すらままならない状況にあった。

山田五郎一等兵は、インドの東端、ミャンマーとの国境近くの都市インパールの攻略を目指したあの悪名高い〝インパール作戦〟（＊）に、補充兵として投入されることになっていた。

彼の誠実な人柄を知る弥太郎は、再び生きて帰ることは望み得ない戦線に彼を送り出すことを忍び難く思った。そこで山田五郎の左足に少し跛行《はこう》が残っているのを理由に、彼を戦地に復帰させるのは到底無理だと直接連隊に掛け合った。以後、彼は弥太郎の下で当番兵兼看護兵として働くことになる。

もし、弥太郎の口添えがなく、山田五郎が命令通り従軍していたら、おそらく彼は自らの屍を山野に曝すことになっていただろう。事実、〝インパール作戦〟に参戦した多くの将兵は、後に〝白骨街道〟と名付けられたタイとミャンマーの国境近くの道なき道で、飢えとマラリアによって次々と倒れていったのである。

それから六十年近く経った今も、白骨街道沿いの山野には幾万もの日本兵の遺骨が眠っている。

そして昭和二十年八月十五日の終戦――。

小作の五男では日本に帰国しても耕す田畑もなく、かといって手に職もない彼には復員してもたいした希望は持てそうになかった。ならばいっそのこと、せめて食物だけでも恵まれているタイに残った方がまだ道が開ける可能性があると彼は考えた。

弥太郎の計らいで行方不明者扱いにしてもらった彼は、日本軍が連合軍の手によって武装解除される前に山中に姿を消した。その時、同じ陸軍病院の看護婦として働いていたメオ族の娘、ワンペンが彼の妻として行動をともにしている。

「軍医殿は、ほんまに温かいお人やったな」

老人は、遠くに続く山並を見つめながら呟いた。

「もう、かれこれ十年にもなりますかいな……。取材に来はった一郎はんが、軍医殿のぼんと判った時はほんまにびっくりしましたわ」

老人の話によると、一郎はその後何度となくこの山中に足を運んでいる。

伸一は、消息を絶った一郎について何か心当りはないかと老人に訊ねた。老人は横にいるミヤウをちらっと眺めた。

「こんなことを伸一はんに言うてええかどうか」

伸一は、知らず知らずのうちに身を乗り出していた。ミヤウは静かな微笑みを浮かべて伸一を見つめている。

「一郎はんは、ちょっと首を突っ込み過ぎたんとちゃいますか？」

「父が、何に？」

「そんなこと、ぼんは知らんでよろしい」

老人の口調が急に厳しくなった。

「それを知ったら、ぼんも一郎はんと同じ道を辿ることになりますがな。切ない話やけど、もう一郎はんを探すのは諦めなはれ。もし、生きてはるんやったら、ぼんへは連絡があるんとちゃいますか」

（父はもうすでに死んでいるというのか。それをわざわざ伝えるために老人は自分を呼び寄せたのか……）

伸一は自分を見失っていた。

「少し休んだ方がいい」と話したミャウに手を引かれた老人は、床に敷かれた蒲団の上に横たわった。

山頂から吹き下りてきた風が梢を鳴らしている。老人の心地よさそうな寝息が聞こえ始めた。

「お祖父様は、お疲れのようですから」

ミャウは伸一に下山を促した。

真っ黒な雲が山々を覆い始めた。

「間もなくスコールがやって来ますわ」

ミャウは、車の窓を閉めた。

「父に最後に会ったのはいつなのですか？」

「一郎さんがホテルからいなくなった前の日に、ピン川のほとりで食事をご一緒したのが最後でした」

「その時、父に何かいつもと違う変わった様子はなかったのでしょうか？　明日、何処へ行くとか、何をするつもりだとか言ってはいませんでしたか？」

「一郎さんはいつもと変わらないご様子でしたし、特に何もおっしゃってはいませんでした」

ミャウは、うつむきかげんに声を落とした。頬を涙が流れている。

伸一は、ミャウから視線を外して窓の外に眼を遣った。沿道の樹が突風に揺れている。

車が市街地に入ろうとした時、突如、滝のような雨がフロントを直撃した。一瞬にして街は視界から消えた。道路が川になった。バイクで走っていた人たちは、びしょ濡れになって軒下に退避している。

「五分もすれば、スコールも終りますわ」

ミャウは雨で曇った窓ガラスをハンカチで拭った。

「突然こんなことをお伺いするのは失礼ですが、ミャウ、あなたは今どういう仕事をなさっているのでしょうか？」

「そういえば、私の正体は不明のままでしたわね」

ミャウは、悪戯っぽい笑顔で伸一を見つめた。

「ターペー通りってご存じでしょうか？　そこで小さな旅行代理店をやっていますの。年齢は不詳ということにしておいて下さいね。これで私の自己紹介は終ります」

ミャウは「これでいいかしら」といった表情で、もう一度悪戯っぽく微笑んだ。


車がナイトバザールに差し掛かった時には、それまで叩きつけるように降っていた雨はぴたりと止み、夕日が濡れた路面を照らしていた。舞台装置が一瞬にして替わるのを見ているようだと伸一は思った。露店をたたんだ人たちが、屋台を再び組立てようとしていた。


その夜、伸一はバンコクのやまちゃんに電話をかけた。

「先輩、元日本兵とその孫娘は何か隠しているんじゃないですか。先輩も突っ込みが弱いなあ。絶対、何か裏がありますよ」

「うん。俺もそう思うのだが、今日の二人の様子じゃそれ以上のことを引き出すのは無理に思えてね。それにもう一度その元日本兵、山田五郎に会う前に、おやじが何を取材していたのかを調べてみたいと思ってね」

「そうですね。その線を先に当たってみる手はありますね。お父さんが山田五郎を何度も訪ねている理由が見えてくる可能性もありますね。それと、ミャウについて、もっと洗ってみる必要があるんじゃないですか。彼女が元日本兵の孫娘であるという以外、何も判っていないのでしょう？」

「確かに、ミャウについては何も判っていない。おやじのことを訊ねた時に、彼女が涙ぐんだ理由もよく解らない。それに、バンクが彼女の素性を知らないというのも不自然だ」

＊インパール作戦……太平洋戦争末期、劣勢を挽回しようとした日本軍は、インドの東端、ミャンマーとの国境近くの都市インパールの攻略を目指したが、苛酷な自然条件と食糧、武器弾薬不足のために惨敗し、多くの将兵を失った。

十一・百本のテープ

年の瀬も押し迫った暮れの二十九日、日本映像新社の中山邦夫プロデューサーから伸一に電話が入った。

受話器の向こうから闊達な中山の声が響いてきた。

「やあ、日本映像新社の中山です。先程、自宅の方に電話をかけてお母さんと話したのだけど、伸一君は相変わらず忙しいんだってね。今は正月の特番の追い込みですか。ところで、その後タイからは何か情報は入りましたか?」

「いつもご心配いただいて有り難うございます。残念ながら何も目新しいことは見つかっていません。今では日本領事館や警察も半ば諦めているようです」

「いや、実はね、今日暮れの大掃除をやっていましたらね、社の編集室からお父さんがタイで撮影したと思われる六十分テープが百本ほど出てきましてね。それで、助監督の荒川君にテープを転がしてもらったところ、いろいろな寺院が映っているという報告がありまして。どうでしょう。テープを一緒に見てみませんか？」

六十分テープを百本まともに見れば百時間、気が遠くなる長さである。

しかし、そのテープに、父の発見に繋がるヒントが隠されているかもしれない――。伸一は、木村部長の許可を得て大晦日の午後、日本映像新社を訪ねることにした。

日本映像新社は山手線目黒駅からおよそ五分、国立科学博物館附属自然教育園に程近い閑静な住宅街にある。戦前、海軍の参謀本部が入っていたという建物は、古色蒼然とはしているがある種の風格を感じさせるものがある。

一郎は、フリーの記録映画監督として数多くのプロダクションで仕事をしてきたが、最近はこの日本映像新社を主な仕事場としていた。

太平洋戦争勃発を機に、国民の戦意高揚を図るためのニュース映画や短編映画制作を目的に設立された国策会社を前身としているこのプロダクションには、戦前のフィルムがほとんどそのままの形で残されていた。

記録映画監督の一郎にとって日本映像新社は格好の仕事場であったに違いない。

年末年始の休みに入っている日本映像新社は静まり返っていた。編集室の扉を押した伸一を、中山邦夫プロデューサーと荒川浩助監督が笑顔で迎えた。

「お休みのところを本当に申し訳ございません」

伸一は、深々と頭を下げた。


伸一は、モニターに映し出された映像を食い入るように見つめた。

そのほとんどが寺院や、樹木が生い茂った山中である。一部インタビューのシーンもあるが、インタビューはタイ語で行われているのでその内容はさっぱり理解出来ない。中山プロデューサーも荒川助監督も、タイのロケには同行していないので、撮影場所や目的については見当も付かない様子だった。

ようやく十本のテープを見終えたとき、時計はすでに夜の十一時半を指していた。

中山プロデューサーが堪り兼ねたように伸一に言った。

「伸一君、どうでしょう。これじゃ、いくら時間があっても全部見るのは無理でしょう。これから先は早送りで見ませんか?」

「僕もそうした方がいいと思いますよ」

中山プロデューサーの言葉にほっとしたように、荒川助監督も伸一に同意を求めた。

食堂にビールを取りに行った荒川助監督が閉め忘れた扉の向こうから、除夜の鐘を打つ音がかすかに聞こえてきた。

六十分テープも早送りで見ると五分とかからない。

テープが五十六本目を数えた時、荒川助監督が叫んだ。

「この坊さんは日本人じゃないですか？」

正常回転に戻された画面を三人は凝視した。画面に映し出された僧侶は黄色の僧衣をまとい、一見タイ人の僧侶と変わるところはないが、何処となく優しい眼差しはまさしく日本人である。

インタビューの聞き手は、画面にこそ登場しないが、その声は間違いなく一郎のものだった。

インタビューは、どうやら辻参謀について行われているらしい。

「辻参謀がラオスから突然消息を絶つ前に、このワット・リアプに立ち寄ったと聞いていますが、広林和尚とはどんな話をされたのでしょうか？」

「確か、辻さんがこの寺に身を潜めていた頃の思い出話だったと思います」

「辻参謀は、これから先何処に行くとか、誰に会うつもりだとかといった話をしなかったですか？」

「辻さんがここに潜んでいた頃、この寺を預かっていたのは流水和尚でしてね。拙僧が辻さんにお目にかかったのは、この時が初めてだったものですから踏み込んだ話はありませんでした」

「もう一つお聞きしたいのですが、辻参謀は麻薬について何か言っていませんでしたか?」

「えっ? 麻薬といいますと?」

「たとえば、阿片とか、ヘロインとかいった類のものについてです」

「いえ、そんな話は全く出なかったですね」

インタビューはここで終っている。


中山プロデューサーはビールをグラスに注ぎ一気に飲み干した。

「そういえば、監督は辻参謀を描いたドキュメンタリーを作りたいと、うちの倉庫に眠っているフィルムの中から辻参謀に関係のあるものを探していましたね」

荒川助監督は伸一のグラスにビールを注ぎながら、中山プロデューサーに訊ねた。

「辻参謀といいますと?」

「そうか、君たちの世代ではあの有名な辻参謀も知らないってわけか。僕たちの世代で彼を知らない者なんて、まずいないがね」

中山プロデューサーは、荒川助監督に辻参謀のあらましを手短に話した。

「倉庫から辻参謀のフィルムを探していた監督の話だと、辻参謀の映像が全く予期しない場面に残されていて、何度か驚かされたことがあったそうですよ。たとえば、高級参謀として、後方で指揮を執っているはずの彼が、なぜか、最前線で撮影されたニュースフィルムの中で兵隊を鼓舞していたり、一方では、南方軍最高司令官だった山下将軍と肩を並べて占領下のシンガポールの市街を視察していたりと、まさに神出鬼没の感があったそうですよ。普通は最前線には顔を出さない高級参謀の彼が、敵弾を受けて何度も死線を彷徨っている。彼の体に残された三十箇所を超える傷跡を、勇敢なる軍人の証ととるか、自己顕示欲の強い猪突猛進型人間の結末ととるかは評価の分かれるところだがね。ところで伸一君、この際どうだろう。バンコクに行ってティラポーンに会ってみては？」

「ティラポーンといいますと？」

「ティラポーンはですね、以前、我が社に五年間技術留学していたタイ人のカメラマンでしてね。今はバンコクでプロダクションを興して結構活躍しています。彼なら日本語も話せるし、テープの撮影場所も判っていると思いますよ。たぶん、この撮影も彼がカメラを回したんじゃないですか。監督はタイの取材では、最近はもっぱらティラポーンを使っていましたからね」

中山プロデューサーは、伸一にティラポーンに会うことを勧めた。

荒川助監督は慣れた手つきで、寺院や地域別にダイジェスト版を編集し、三本のテープにまとめ上げた。

新年を迎えた山手線の車内は、晴着姿の人たちや破魔矢《はまや》を持った人たちで正月気分に溢れていた。

伸一は、二人の好意に感謝しながら鞄の中のテープを大切そうに覗き込んだ。

十二．ワット・リアプ

正月二日、成田空港は海外旅行を楽しもうとする人々でごった返していた。

昨夕、バンコク行きを決断した伸一は、木村部長に電話をかけ三日間の休暇を申し入れた。

「おい、たった三日間でいいのか」

お屠蘇気分の部長の声が受話器の向こうから返ってきた。

「それより、今日の明日で航空券が取れるかね」

伸一は「とにかく空港に行ってみるつもりです」と答えた。

「時期が時期だよ。正月じゃ、まず無理だね。そうだ、局では緊急取材用のチケットをキープしてあるはずだから、それを使ったらいいだろう。デスクには僕から電話を入れておく。成果を期待しているよ」

部長の温かい計らいに、伸一は思わず受話器を持ったまま頭を下げた。

バンコクのドンムアン空港では、ティラポーンが伸一を待っていた。彼は中国系のタイ人で、外見はほとんど日本人と変わらない。年格好から見て四十を少々越えたくらいと思われる。

「この度は大変でしたね」

流暢な日本語で伸一を労った。

「お正月のお休みのところを申し訳ありません」

伸一は頭を下げた。

「いえ、今でこそ、タイでも年末年始は休むようになりましたが、以前は普段と変わらない状態でした。タイの正月は四月ですからね。どうぞ気にしないで下さい」


午後四時半。

空港と市内とを結ぶ高速道路は程よく流れていたが、高速道路を降りて市内に入ると車はみるみる渋滞に巻き込まれてしまい遅々として動かなくなった。

どうやらここバンコクの道路は年末年始も関係がないらしい。どの車も、ほんの少しでも隙間を見つけると前へ出ようとする。更にバイクが車と車の間を縫うように走り抜ける。

チェンマイでも伸一は驚かされたが、バンコクはその比ではない。事故が発生しないのが奇跡のように伸一には思えた。

ティラポーンは、「今夜はホテルに行って休みますか」と訊いてきたが、伸一は「このままあなたのオフィスに直行してビデオテープを一緒に見て欲しい」と頼んだ。

彼のオフィス兼住宅は、ゴーゴーガールが乱舞する夜の歓楽街パッポン通りに近いコンドミニアムにあった。伸一がオフィスに入ると、奥さんと七歳くらいの坊やが奥から顔を覗かせた。

一郎が日本人僧侶にインタビューしていた寺院はワット・リアプだと、ティラポーンはテープを早送りしながら言った。

「このワット・リアプは、バンコク市内を流れるチャオプラヤー川の辺りにある寺院で、境内の一隅には、タイで亡くなった日本人を祀っている納骨堂が建っています。その納骨堂をお護りするために高野山から派遣された僧侶が常駐しています。その他のお寺はいずれもチェンマイの寺院ですね」

ティラポーンはテープを巻き戻しながらタバコを一服燻らせた。

「そうそう、川や山間部のカットは、タイ、ラオス、ミャンマーの三国が国境を接しているあの麻薬で有名なゴールデントライアングル周辺ですよ」と付け加えた。

翌朝、伸一とティラポーンは車の混雑を避けてスカイトレイン（モノレール）と艀《はしけ》を利用してワット・リアプに向かった。タイ一番の大河チャオプラヤー川を走る艀から見た風景は、バンコクをまるで裏側から見ているようでなかなか面白い。

ワット・リアプは艀を降りておよそ五分、大きな衣料品市場がある下町に建っていた。寺院の表門を潜ると境内の両側に食べ物屋の屋台が立ち並んでいる。本堂では気持ちよさそうに昼寝を楽しんでいる人もいる。日本の寺とは違って、およそ権威主義とは程遠い光景に伸一は親しみを覚えた。

ティラポーンは、境内を歩いている少年僧に、日本人僧侶に会いたいと案内を請うた。やがて、少年僧が伴ってきたのは、まだどこか幼さを残している日本人の青年僧だった。『高野山真言宗泰国開教師』と書かれた名刺を伸一に差し出しながら、「名は隆法と申します」と青年僧は静かに言った。

「父を探している」と言う伸一の話を聞いた隆法は、気の毒そうに眉を曇らせた。

「実は、あなたのお父上がインタビューされました広林和尚は、昨秋お亡くなりになりました。私は、その後任として昨年暮れにこちらに参ったばかりで、果してお父上が和尚とどのようなお話をされたか見当も付きません」

伸一はようやく手繰り寄せた一本の糸が切れてしまったのかと、全身から力が抜けてしまうような思いがした。

やおら気を取り直して、辻参謀について何か聞いていることはないかと隆法に訊ねた。

「私もこちらに来る前に先輩から辻参謀の話を聞いたことがあります。それに大変興味を持った私は辻参謀が書いた本や彼の伝記を読み漁りました。確か辻参謀は、日本がポツダム宣言を受諾した直後、連合軍の手から逃れるためにこの寺の日本人納骨堂の地下室に二ヶ月間潜伏していたと聞いております。当時、参謀をお世話したのが流水和尚で、その後を広林和尚が引き継がれ、現在は、私が納骨堂をお護りしています」

伸一は日本人納骨堂を見せてもらえないものかと隆法に頼み込んだ。


寺務所から鍵を持ってきた隆法は納骨堂の扉を開いた。

寺院の北側に建っている納骨堂は、五、六メートル四方のコンクリートで出来た平屋で、その中は外の熱気が嘘のようにひんやりとしていた。

三体の仏像が正面を見据えるように立っている。伸一はろうそくと線香を仏像に供えた。仏像の横にある、一見板壁に見える一部が地下室に通じる隠し扉となっていた。腰を屈めながら階段を降りると、地下室には遺骨を納めた木製のロッカーが並んでいた。板敷の床はおよそ三畳――。この薄暗闇の中で辻参謀は息を潜めていたのかと、伸一は部屋の中を見回した。

隆法は、「なんのお役にも立てず申し訳ありません」と言いながら納骨堂の扉を閉めた。門の方に向かって歩いていた伸一とティラポーンを隆法が追って来た。

「あの、邦人会の方にはお会いになりましたでしょうか？」

「いえ、昨日の夕方、こちらに着いたばかりですので」

「如何でしょう。これから邦人会の方にお会いになられては。たぶん、お父上も邦人会には足を運んでいらっしゃると思います。そう、滝龍三郎先生を訪ねられるといいんじゃないでしょうか。先生は九十三歳というお年ですが、今なお矍鑠《かくしゃく》としていらっしゃいます。さすがに数年前に医院は閉じられましたが、かつては『バンコクの赤ひげ』とも呼ばれ、今でも日本人からもタイ人からも尊敬されている方です。滝先生ならおそらく辻参謀についても、もっといろいろなことを知っていらっしゃるのじゃないでしょうか。お父上も先生には会っていらっしゃるはずですよ」

ティラポーンと別れた伸一は、タクシーを拾ってシーロム通りにあるバンコク支局にやまちゃんを訪ねた。

「先輩、冷たいじゃないですか。一言連絡してくれれば車ぐらい回しましたよ」

不満気なやまちゃんを宥めながら、伸一は、「これから邦人会の滝龍三郎医師を訪ねるが同行してくれないか」と頼んだ。

「滝医師なら、以前〝バンコクの日本人〟という特番で取材したことがある」と言って、やまちゃんはようやく機嫌を直した。

十三．邯鄲《かんたん》の夢

隆法から聞いてはいたが、九十三歳の滝龍三郎医師にはまさに大人《たいじん》の風格が備わっていた。仲一もやまちゃんも思わず居住まいを正した。

隆法の予想通り、一郎は滝龍三郎を訪ねていた。

しかも、驚いたことに、滝医師は弥太郎とともに軍医としてバンコクで終戦を迎えていた。そして、ポツダム宣言受諾後、軍医の任を解かれた滝龍三郎はそのままバンコクに残り医院を開いていた。


「一郎君が消えおったか」

滝龍三郎は特別驚いた様子もなく独り言のように呟いた。

「辻参謀が地に潜り、長谷弥太郎が天に召され、そして、その息子、一郎君が消えたか」

「父は先生にお目にかかって、何をお伺いしたのでしょうか？」

「そう確か、一郎君の最初の質問が、『長谷と辻参謀とはどんな関係にあったのでしょうか？』だったな。なんでも辻参謀を描いたドキュメンタリーを作りたいからというのがその理由だったが……」

「軍医の祖父、高級参謀の辻参謀、全く立場の違う二人を結びつける何かがあったのでしょうか？」

「辻参謀は権謀術数好きの男、それに比べて長谷は正直を絵に描いたような純粋無垢な人柄だった。いわば二人は水と油のようなもんじゃった。ただ、唯一共通していたことは、まぎれもなく二人は理想に燃えていた日本男児だったということだ。その頃のわしもそうだったが、欧米の植民地となっているアジアを解放し、大東亜共栄圏を作るのが夢だった。しかし、理想と現実には大きな隔たりがあったことは君も知っての通りだ。当時、タイと日本は同盟国に近い親密な関係にあった。タイは、東南アジアで唯一植民地化を免れた国だったということは君たちも知っているだろう。辻参謀はタイの協力を取り付けて、かつてその一部がタイの領土だったラオスをフランスの植民地から解放し、そこに王道楽土の夢を託そうと考えたのじゃ」

「つまり、第二の満州ですか？」

「いや、それは違う。満州は明らかに日本の傀儡《かいらい》政権だった。辻参謀の意図はもっと純粋なところからきている。理想郷をラオスに作り、それを植民地解放運動の橋頭堡《きょうとうほ》とし、欧米の植民地政策に苦しむ東南アジア諸国に夢と希望を与えたいと思ったのだ。日本の国益だけを考えてのことではない」

「当時のタイ政府の要人たちは、この考えに賛同したのですか？」

「ラオスは、もとはといえばその一部はタイの領土でな。タイは欧米列強の植民地化を免れるために、一八九三年、泣く泣く領土の一部をフランスの植民地として割譲した。辻参謀はラオスというその地を借りて理想郷を建設し、アジア諸国にナショナリズムの火を燈したいと考えたのだ。アジア全体の発展を考えた彼の壮大な理想に、タイ政府の要人の中にも賛同する人たちがいたと聞いている」

「祖父も、辻参謀の考えに共鳴したのですね」

「辻参謀からこの話を聞いた時、わしも長谷も、体に熱いものが流れる思いがした。辻参謀は、権謀術数を好む男ではあっても、私利私欲を追う男ではないことを知っていたからだ。しかし、問題は独立を達成させるための資金の確保だった。当時、日本軍には緒戦の勢いはすでになく、各戦線では撤退を余儀なくされていた。日本政府に資金援助を仰ぐのは百パーセント無理な話だった。わしは五十数年経った今もあの夜のことは、はっきりと憶えている……」

その夜、医務室の時計はきっかり十時を指していた。

滝は長谷と、悪夢のインパール作戦で傷ついた兵士たちが続々と送り込まれ、今やパンク寸前の陸軍病院をどうやって維持していくかを話し合っていた。

「山田一等兵、ただいま入ります」

当番兵の山田一等兵が部屋に入ってきたのはそんな時だった。

「ただいま、辻参謀がこちらにお見えになります」と直立不動の姿勢で敬礼した。

その敬礼が終らないうちに、辻参謀がドアを押して精悍な顔を覗かせた。

慌てて席を立ち挙手の礼で迎えた滝たちを、辻参謀は満面に笑みを浮かべながら、「いや、そのまま、そのまま、座ったままで結構」と押し止め、手にしていた洋酒の瓶を机の上にどんと置いた。

グラスと水と氷を取りに行った山田当番兵が戻ってくるのを待ちきれないかのように、辻参謀は洋酒の封を切り、そこにあった茶碗にどくどくと豪快に注いだ。

「例のラオス建国の件だが……」

辻参謀は琥珀色のコニャックを一気に飲み干した。

「ラオスはもとはといえばその一部はタイの領土だ。ラオスをフランス植民地から解放することに反対する者は、タイの要人ではまずいないだろう。ただ、一筋縄でいかないのがタイ人だということとは自分も百も承知のうえの話だが」

「閣下、タイ政府の要人や軍の一部では、日本が敗北した時に備えて、密かに連合軍に組みする『自由タイ』の支援をしていると聞いていますが、事を起こすに当たって、タイ人を結集できるかどうか、そこが大いに疑問だと思いますが……」

滝はまだ口をつけていないグラスを手にしたまま辻参謀を凝視した。

「もちろん、万全の策を立ててから事を起こすべきで、今、安易にラオス解放を口にするつもりはない。だが幸いなことに軍部の実力者の一人、サワディット大佐はかつて自分が陸軍士官学校で教鞭を執っていた時の教え子で、自分に全幅の信頼を寄せてくれている。彼なら一蓮托生、最後まで自分について来てくれるだろう」

「サワディット大佐には、事の次第をすでに打ち明けられたのですか？」

長谷が、やはり手付かずのグラスを握りしめたまま辻参謀を直視した。

「サワディット大佐は、多くの青年将校の尊敬を集めている人物だ。彼が決起すれば青年将校たちも一斉に立ち上がり、軍全体を掌握するのも十分に可能だ。そこで、自分は彼を通じて密かに同志を募るように働きかけた。これが彼が集めた青年将校三十人の血判書だ」

辻参謀は雑嚢《ざつのう》から封筒を取り出し、その中から一枚の紙を大切そうに机の上に広げた。

「タイでは、大事を決するに当たって血判で誓を立てるとは聞いたことがないが、おそらくサワディット大佐が日本に留学した時に本で読んだか、誰かに聞いたのだろう。彼としては、血判によって精一杯の決意表明の証を立てたのではないか？」

「閣下、ラオス解放、建国の立案はすでに大本営に打診されたのでしょうか？　これが、閣下一人の独断専行では、タイ駐留の我が軍が暴走したとしか受け取られないでしょう。自分も長谷もその点を案じています」

「かつて、満州建国に際しては独断専行の声にもめげず、関東軍が敢然と道を開いた。何か事を起こす時に躊躇は禁物だ。一気呵成《いっきかせい》に進む、己の信じるところに邁進する、それが男子たるものの気概ではないか。いちいち大本営の指示を仰いでいては百年河清を待つに等しい」

辻参謀は、どうだと言わんばかりに滝と長谷を睥睨《へいげい》しながら、上衣を脱ぎ、コニャックをグラスに注ぎ込んだ。

「問題は、金だ。軍資金をどう調達するかだ」

辻参謀は酒を呷り、シャツのボタンを外した。

コニャックで赤く染まった上半身に、戦場で受けた無数の傷跡が生々しく浮かび上がっている。

「かつて上海を拠点として、我が特務機関が阿片を大量に扱ったことがあると聞いている。これによって得た膨大な利益で、物資の現地調達が可能となったばかりか、敵側に阿片中毒者を大量に生み出すことによって彼らから戦意を喪失させるという相乗効果を得たそうだ」

「閣下、まさかこのタイで同じことを考えておられるのでは？」

長谷は、同意を得るように滝の横顔を見た。滝も、「そうだ」と大きく頷いた。

辻参謀はその二人を見て呵々大笑した。

「貴様たち、人の話は最後まで聞くものだ。我が盟友タイ国民を麻薬漬けにしようなんて考える馬鹿が何処にいる。自分はかつて、満州や南京に赴任したとき、阿片吸引の悪弊を無くさせようとその方策を模索したことがある。しかしだ……。よいか、事を起こすに当たっては、まずはあらゆる可能性を探り、その中から最善の方策を選べばよい。さてと、貴様たちも、名前ぐらいは耳にしたことがあると思うが、山崎広助、そう、バンコクで手広く貿易商を営んでいる山崎物産の社長だ。その彼が、自分に進言したことがある。彼の話によれば、ここタイの北部山岳地帯には、メオ族やアカ族など何十万人もの山岳民族が住んでおり、そのほとんどが芥子の栽培を生業としている。これを山崎物産の管理下に置き、生産の効率化と流通機構の整備統合を行えば相当な利潤が見込める。それをラオス独立運動の資金にされては、と言うのだが……。そこでだ、取り敢えず、長谷と滝には芥子から精製する成分の研究、分析を臨床学的かつ薬学的見地から早急に進めてもらいたいのだが」

「閣下、自分たちは軍人であると同時に、人の命を預かる医師でもあります。ラオスを植民地から解放し、理想の国家を建設することにはなんの異論もありませんが、その手段に麻薬を使うことだけは到底許せるものではありません」

滝の言葉が終るのを待ちかねたように長谷も続けた。

「閣下、・それは、悪魔に魂を売ることではありませんか？」

「馬鹿者！」

辻参謀が激しく机を叩いた。

「滝、長谷、くどいぞ。芥子は本来モルヒネの原料だ。医者がその研究をして何処が悪い。芥子の樹液を麻薬として使うかどうか、それは個人の良識の問題だ。酒に溺れる人がいるからといって、禁酒法を強行出来ないのと同じことだ。高邁な理想を実現するためには、小を捨てて大を取るぐらいの気概が必要だ。麻薬を何処にどう捌くか、それは山崎物産がやることであって、貴様たちが関与する問題ではない」

滝も長谷も椅子から立ち上がっていた。辻参謀に飛びかからんばかりの長谷を押さえ込むようにして滝が言った。

「もしも、閣下が、仮にも山崎広助の進言を受け入れるようなことがあれば、タイ政府も黙ってはいないでしょう。その時点でラオス建国の夢も消えてしまうのではありませんか？」

突然、辻参謀は、腰のベルトにぶら下げているお守り袋から真っ黒な小石のような塊を掴み出し口に含んだ。

「これは、貴様たちがビルマの野戦病院で英軍捕虜を生体解剖した時に取り出した肝の一部だ。自分は文字通り臥薪嘗胆《がしんしょうたん》、何か大事を成す前にはこれを舐めるように心掛けておる」

「閣下、あれは、生体解剖ではないと申し上げたはずです」

「解っておる、冗談、冗談。これは、国のおやじが体によいと言って持たせてくれた熊の肝だ。よし、今夜の話はこれまでだ。さあ、ぐっと空けろ！」

滝も長谷も、まるで苦杯を仰ぐように一気にコニャックを飲み干した。


「ビルマの捕虜生体解剖の件を辻参謀に持ち出された先生も祖父も、結局は辻参謀の頼みを断れなかったのですね」

滝龍三郎は、伸一の問いに答えずしばし瞑目した。

「ビルマの件は、手術中に息を引き取ったイギリス兵を解剖したのであって断じて生体解剖ではない。しかし、あの状況からは生体解剖だと指弾されても弁解の余地はなかっただろう。実際、わしも長谷も、生体解剖によって人体の秘密を探りたいという科学者としての欲望に駆り立てられていたのも事実だ。辻参謀は、以後、生体解剖の件に触れることはなかったが、理想の国家建設という大義の下に、医者として、学者として、麻薬の研究に協力して欲しいと懇請し続けた。彼の連夜の熱弁に、結局、わしも長谷も押し切られてしまう。ただ、幸か不幸か、辻参謀の策謀が実行に移される前に、日本はポツダム宣言を受諾し、彼の野望は邯鄲《かんたん》の夢と果てた」

ここまで黙って、滝龍三郎と伸一の遣り取りを聞いていたやまちゃんが口を開いた。

「サワディット大佐が青年将校たちから集めた血判書とか、山崎広助が画策した青写真は今も何処かに残されているのでしょうか？」

「山崎広助の手による麻薬の栽培、製造、流通機構の調査、立案はすでに終っていたとは聞いているが、おそらく連合軍の目に触れるのを恐れ、その書類は焼却したのじゃなかろうか。血判書についても辻参謀が処分してしまったのではないかと思う」

「野心家の辻参謀が簡単に処分するとは思えないのですが……。いつの日か実行に移せる日が来ると信じて何処かに隠したとは考えられませんか？」

「いや、それはないだろう。辻参謀は人一倍用心深い男だ。万一、それらが連合軍に見つかったら彼一人の責任では済まなくなってしまう、タイ側にも多大の迷惑を及ぼすことになる。機を見るに敏な彼は、日本がポツダム宣言を受諾したことを知るや、いち早く僧侶に成りすましワット・リアプに潜伏する。戦犯として連合軍から追われる身となることを予測しての迅速な行動だった。当時、寺には流水和尚というなかなかの日本人僧がござってな、納骨堂の地下室で息を潜めて隠れていた辻参謀の面倒を、体を張って見られたのじゃ。後年、辻参謀がラオスで失踪後、彼のことを出世主義に凝り固まった冷徹な人間だと言う人もいるようだが、わしはそうは思わない。思うに、彼は徹底した理想主義者であり完璧主義者だったのだ。高級参謀だった彼が一命を賭《と》してまでしばしば最前線に赴いたのは、作戦は机上の空論であってはならないという彼の信念に基づくものであって、決して自己顕示欲に駆られて取った行動ではない。軍紀粛正についても異常なまでに厳しかったのは、軍人は常に清廉潔白であるべしと肝に銘じていたからだろう。高級将校用料亭に乗り込んで、飲めよ歌えよと浮かれている将校たちを叩き出したとか、ついには、料亭を閉鎖させてしまったとか、彼にまつわる逸話は多い。正しいと思えばただひたすらにその道を進む、それが彼の生き方だった。しかし、およそ二ヶ月に及ぶワット・リアプでの潜伏は、彼にとって一つの大きな転機をもたらす契機になったのではないか。これまで理想国家建設という一本の道しか見えなかった彼の眼に、何本もの道が見えるようになったとわしは思う。地下室の暗黒の世界で、人は何のために生きるのか、人は何処から来て何処へ行くのかを、彼は考え続けたことだろう。長谷が帰国後、学究生活を捨て、市井の医者として数多くの人たちを救ってきたのも、辻参謀が国会議員となり諸悪に立ち向かおうとしたのも、人が生きる道を模索しての結果だとわしは思っている」

滝龍三郎は続けた。

「辻参謀は後年ラオスで姿を消す前に、深夜のワット・リアプを訪れている。しかし親身になって彼の面倒を見た流水和尚はすでに亡く、その後任の広林和尚と例の納骨堂の地下室で一夜を語り明かしたと聞いている。ラオスから彼は何処へ行ったのか。彼の目指したものは何だったのか。彼は何者かの手で抹殺されたという噂もあるが、真相は闇の中だ。ドキュメンタリー作家としては、これほど食指を動かされる人物は他にあるまい。一郎君が辻参謀を描きたいと思ったのも無理からぬ話だ」

「辻参謀が参議院議員に当選して間もない頃、祖父を訪ねて来たことがあると父から聞いたことがあります。辻参謀は、祖父と二人きりで一夜を離れ座敷で語り明かしたそうですが、当時、多忙を極めていた辻参謀がわざわざ祖父を訪ねて来た理由は何だったのでしょうか？」

「俗世間とはおよそ無縁の生活をしていた長谷を辻参謀が訪ねたのは、それだけの理由があってのことだろう。ただ、それ以上のことはわしにも判らない」

「祖父の口から辻参謀がかつて描いた策謀が漏れることを恐れて、口外しないよう頼み込んだとは考えられませんか？」

「それはないと思う。彼にとっては、わしや長谷には、かつてビルマで行った捕虜生体解剖疑惑という負い目があることを知っていることだけで十分だろう。間違っても、わしや長谷の口から麻薬の一件が漏れることはないと確信していたのではないか」

伸一は辞する前に、「祖父が大切にしていたナンクワについて何かご存じのことはありませんか」と訊いてみたが、滝龍三郎は祖父がナンクワを持っていたことすら知らない様子だった。

チャオプラヤー川に夕日が沈もうとしていた。

艀が桟橋に近付いてきた。やまちゃんが艀の切符を伸一に手渡した。


その夜、タイ焼酎『メコン』を手にしたやまちゃんがホテルに伸一を訪ねた。

「先輩、今日の滝先生の話は全面的に信じていいのですかね？」

「信じるも信じないも、これまで滝先生以外の人からそんな話は聞いたこともないし、真偽の程を確かめる術もないだろう」

「お父さんは、お祖父さんからも辻参謀のことは聞かされていたんじゃないですか？」

「おやじがタイに頻繁に足を運ぶようになったのが祖父が亡くなった直後からということは、祖父が今際《いまわ》に辻参謀のことをおやじに話をしたとも考えられる」

「策略好きの辻参謀が簡単に初志を曲げると思いますか？　ラオスは、一九五三年にフランス植民地から解放され独立したとはいえ、国情は決して安定しなかったですよね。彼が考えた理想国家とはおよそ程遠い国でしょう。彼がラオスで消えた一九六一年は、隣国ベトナムは戦争前夜、東南アジアにきな臭い風が吹き荒れていた頃ですから、何かを企てたとしても不思議じゃないでしょう」

「確かに、やまちゃんの言う通り、辻参謀は何か具体的な目的を持ってラオスに入ったような気がするね。そしてなんらかの事件に巻き込まれた……」

「お父さんが辻参謀のことを取材しているうちにある事実を摑んだ。そして、それを知られたくない人たちによって、お父さんもまた、なんらかの事件に巻き込まれた……」

「やまちゃん、山田五郎にもう一度会う必要がありそうだね。この前会った時の、なんだか奥歯にものが挟まったような言い方がどうも気になる。辻参謀、滝龍三郎、長谷弥太郎、そして山田五郎との関係をもう一度洗ってみたいと思うのだが」

「でも先輩、お祖父さんがいくら可愛がっていたとはいえ、たかが当番兵の山田五郎に辻参謀が策略を打ち明けたりするでしょうか？」

「山田五郎の妻は、メオ族だったよね。メオ族といえば山岳民族、山岳民族といえば芥子の栽培。彼が辻参謀の密命を帯びて山岳地帯に入ったと考えてもおかしくないんじゃないの？」

「先輩、辻参謀の足取りを徹底的に洗ってみますよ。そこから、お父さんの手懸りを探すヒントが何か生まれてくるような気がするのですが」

その夜、二人はメコンのボトルを空にするまで語り明かした。

十四．キーワード

帰国後、伸一は一郎のパスポートを改めて調べてみた。

一郎は失踪するまでの一年の間にラオスに三度、ミャンマーに二度足を運んでいる。

おそらく辻参謀を取材するために、ラオスやミャンマーに入ったと思われるが、何を取材したのかは藪の中である。

今は、チェンマイの警察も日本領事館も、一郎の捜索に積極的に動いているようには思えなかった。このままでは、何の進展も望めない。伸一は焦っていた。


その年の東京は、冬とは思えない暖かさが続いていた。マスコミは地球温暖化現象による異常気象と報じていた。

一方、チェンマイでは、熱帯地方には珍しい寒波がやって来て、山岳地帯では数人の凍死者が出たらしい。谷村清三が送って寄こした『サバイ・チェンマイ』にはそう書かれていた。

伸一は、警察や領事館へ週に一度は電話をかけることにしていたが、いつも決まったように、一郎から連絡が入っていないかを逆に訊き返されるだけだった。

ただ一つ収穫といえば、ミャウに関する詳しい情報がバンクから寄せられたことだった。

〃通称ミャウ、本名タンチャノック・ソムブンチャオ。チェンマイ大学経済学部卒、年齢・三十歳、独身、結婚歴なし。現在、ターペー通りで旅行代理店・サヌックを営業中——。

サヌックは、ホテルや航空券などの手配、ツアーの斡旋といった通常の旅行代理店業務を行っているが、ビザ取得の代行業務が主たる収入源となっている。ミャウがしばしば、ラオス、ミャンマー、マレーシアなどに出かけているのは、当地のタイ大使館発給のビザを取得するためと思われる。

その店は元は彼女の両親がやっていたが、ちょうど五年前、トレッキング・ツアーの客を案内していた父親が、ゴールデントライアングルの山中で共産ゲリラに襲われ命を落としている。それから数ヶ月後、母親もまたメーサロンで、トレッキング・ツアーに同行中に不慮の死を遂げている。

こうしたトレッキング中の事件はタイでは珍しくなく、両件とも新聞もテレビも取り上げていない。しかし、不思議なことに、この二つの事件では旅行客には一人の被害者も出ていない。

ターペー通り周辺の商店主に当たってみたところ、事件当時、巷ではサヌックは旅行代理店はあくまでも表の顔で、実は二人が麻薬の密売人だったのではないかという噂が流れていたということだった。

警察の資料室には、二つの事件の調書が完全な形で残されていた。

ミャウの母親、通称、オーイは、元日本兵とメオ族の娘との間に生まれている。これは伸一さんが山田五郎からお聞きになった話と一致している。

そして、父親、ソムチャイはメオ族の出ではあるが、中国国民党の残党がメーサロンに開設した軍学校で六年間の寮生活を送っている。二人とも、タイ語はもちろんのこと英語、中国語も堪能で、それに日本語もそこそこには話せたらしい。

二人が麻薬密売に絡んでいたかどうかについては、元サヌックの従業員ニットが次のように証言している。

『サヌックが異常なまでに客を集めていたのは、トレッキング・ツアーの参加者に麻薬の便宜を図っていたからです。チェンマイにやって来るファラン（白人の総称）の大半は、麻薬が目的ですからね』

調書には、ニットの証言に続いて麻薬常習犯で逮捕されたドイツ人、アルベルトの供述が記載されていた。

『俺たちバックパッカー仲間では、「チェンマイに行くならサヌックに行け」というのが合言葉でね。俺たち麻薬愛好者にとって、あそこは、どんな無理でも聞いてくれるパラダイスだったよ』

この二人の供述からも明らかなように、サヌックでは客に麻薬を融通していたにもかかわらず、オーイ、ソムチャイの両人がすでに死亡していたことを理由にサヌックは営業停止処分を免れている。

それと、もう一つ、この事件の捜査に当たったのが、現在、一郎の事件を担当しているシリコーン刑事だったということも、偶然とはいえ興味深い。〟

バンクに依頼されて谷村清三が打って寄越したこのメールの終りには、調査費として二万バーツを振り込んで欲しいと、バンコク銀行の口座番号が記されていた。

一方、連日のようにメールを送ってくるやまちゃんは、精力的に辻参謀についての資料を集めているようだった。三日振りに家に帰った伸一を、やまちゃんの新しいメールが待っていた。

〟先輩、今日、スクムビットの日本料理店で思いがけない人物に会い、驚くべき事実を知らされることになりました。

その人物は「自分は、現在、ビシアンというタイ人の名前を名乗っているが、元日本兵で、バンコクに居を構えラオスやベトナムで貿易商を手広く営んでいる」と言うのです。

彼の話によれば、彼が慕っていたかつての上官が、戦後、バンコクでB級戦犯として処刑されたそうです。当時、バンコクでも多くの日本軍人が戦時下の責任を問われ、英軍を中心とした連合軍の手によって死刑にされていますが、そのうちの何人かは辻参謀の逃亡によって、本来なら辻参謀が負うべき罪を被せられ処刑されたと彼は言いました。

ビシアンを始めとする戦後タイに止まった元日本兵たちは、理由なき罪を被せられた上官たちの無念を晴らすために、いつの日か辻参謀を自分たちの手で処刑しようと誓い合うようになったそうです。

一九六一年、辻参謀が東南アジア視察の名の下に忽然とビエンチャンに現れたのは、彼らにとっては願ってもない好機だったのでしょう。ビシアンは、「自分は殺害には関っていない」と言っていましたが、おそらく彼も加担しているのではないでしょうか。

木工家具とかアンティーク商品を扱っている貿易商だそうですが、どうも胡散臭《うさんくさ》い人物のような気がします。

もう少し、彼については調べる必要がありそうです。〟

メールを読み終えた伸一は、これまでに送られてきたやまちゃんのメールを今一度読み返してみた。

〝辻参謀失踪について、私が本や噂をもとに調査した結果をまとめてみます。

A、辻参謀死亡説

(一)東南アジアで、何ごとかを画策しようとしている彼の動きを封じるために、アメリカのCIAの手によって抹殺された。

(二)ラオスの共産ゲリラによって処刑された。

(三)かつて、ラオス独立運動に賛同し血判を押したタイ要人の誰かが、過去の秘密を握っている彼に刺客を送り込んだ。

(四)麻薬ルートに詳しい彼は、その筋の者と接触を持とうとして消された。

(五)第二次大戦中、参謀として彼が立案した様々な謀略によって命を落とした人たちの遺族の手によって葬り去られた。

（六）本来、彼が負うべき罪を被せられ、戦犯として処刑された上官の無念を晴らすために旧日本軍残留兵士の手で殺害された。

B、辻参謀生存説

これは、彼の熱狂的な崇拝者たちが、無事であって欲しいという自分たちの願いを託しているだけで可能性としては皆無に等しい。〃

〃先輩、「タイのシルク王」と呼ばれていたジム・トンプソンをご存じですよね。タイシルクを世界に広め莫大な財を成した人です。

彼は、辻参謀が消えた一九六一年の六年後の一九六七年、マレーシアのカメロン・ハイランドの山荘からぷっつりと姿を消しています。

彼は第二次大戦中に、今のCIAの前身OSS～CIAに所属し、タイのレジスタンス組織『自由タイ』を後方から支援するという役割を果していました。一説によれば、彼もまた、麻薬組織の手によって消されたのではないかと言われています。

辻参謀とタイシルク王の失踪を結びつけるのは、まだちょっと無理なような気もしますが、二人ともある日突然地上から姿を消してしまったというのは単なる偶然の一致でしょうか？〃

〃今日は、チェンマイの金沢健太郎さんから面白い話を聞きました。彼のお祖父さん、つまり初代写真館主、玄蔵さんは、写真を届けるために日本軍駐屯基地によく出入りしていたそうです。当時、チェンマイには、あの有名な加藤隼戦闘隊（＊）の基地があったので、おそらくそこへ出かけていたのでしょう。彼が撮った写真が飛行機でチェンマイからバンコクの辻参謀に届けられたと考えれば、先日、先輩が見た北部山岳地方の写真の謎も解けそうですね。〃

〃昨夜、日報新聞のバンコク支局長を務めていた井上光陽氏から鬼気迫る話を聞きました。一九七七年、在ラオス日本大使館の二等書記官夫妻が、ビエンチャンの自宅で何者かに惨殺された事件です。事件は、使用人が犯人たちを手引きした強盗殺人事件として処理されたそうですが、井上氏は長年事件記者をやってきた者として、そんな単純な事件ではないと睨んだそうです。

事件当時、ラオス大使は休暇中で、当の二等書記官は代理大使を任されていました。そんな時、彼はある筋から、近々、大使館の職員も絡んだ大掛りな麻薬取引があることを知らされます。正義感に溢れた若き三十二歳の二等書記官は、不良職員を自らの手で捕まえようと関係当局に協力を求めました。その矢先、事件に遭っています。夫妻の遺体には凄まじい拷問の跡が、何箇所もあったそうです。そういった経緯からして、二等書記官夫妻を殺害したのは、その秘密を握られた麻薬シンジケートか、それを後ろで操っている国家組織ではないかと井上氏は考えました。

強盗殺人事件として片付けられているこの事件の真相究明に井上氏は動き出しましたが、突然、本社から取材中止の命令が出て彼は日本に呼び戻されてしまいます。理由は、日本とラオスの国交に支障をきたすからということでした。

ただし、日本に帰る前に、もし事件の核心に触れていたら、自分もまた抹殺されていたのではないかと、井上氏が身震いをしてみせたのが強く印象に残っています。

もし、先輩がこの事件に興味をお持ちでしたら、一九七七年十二月二十五日から二十六日の新聞を読んでみて下さい。

辻参謀とシルク王の失踪事件、そしてこのラオス代理大使の惨殺事件を、麻薬という一本の糸で括るのは無理でしょうか？〃

確かに、今、改めてやまちゃんのメールを読んでみると、三つの事件に共通するキーワードとして〝麻薬〟の二文字が浮かび上がってくる。

もし、一郎がこのキーワードに気付いて、ラオス、ミャンマー辺りを嗅ぎ回っていたとしたら、その筋の者によって消されてしまった可能性も十分に考えられる。おそらく一郎は、四十年前の辻参謀に自分を置き換え、彼の目線で当時の状況を再現してみようと考えたのではないか――。

ということは、一郎は一九六〇年代から一九七〇年代にかけてのタイやラオス、ミャンマーの情勢に詳しい人に会って取材しているはずだ。

どうしてこんなことに早く気が付かなかったのだろう――。

伸一はやまちゃんに向かってキーボードを叩いた。


〝やまちゃん、俺は、ふと、おやじが日頃好んで使っていた言葉を思い出してね。

「鳥を撮る時は鳥の目線でキャメラを構えろ、犬を撮る時は犬の目線で追え」とね。

おやじは、俺のニュース番組を観ながらよくこう言った。

「伸一、あのカットは誰の目線で撮っているんだ。漠然と撮るなんて素人のやることだ」

「父さん、誰の目線でもない、中立の立場で撮っているんですよ」と俺が答えると、「中立と無思想とは、違うからな、主張がない映像なんて最悪だからね」と突っぱねられた。でも、おやじと映像論を戦わせるのは嫌いじゃなかった。

そんなおやじとの遣り取りを思い出していたら、辻参謀を彼の目線で追っているおやじの姿が思い浮かんできたのさ。辻参謀の目線になりきるために、四十年前の東南アジア情勢に精通する人物に必ず会っているはずだ。

その人物とは、誰か——？

俺の推理ではたぶんジャーナリストだろう。元日報新聞のバンコク支局長井上氏に至急コンタクトを取ってみてくれないか。

今週の土日なら俺の方はなんとかなりそうだ。〟


土曜日の午後七時きっかり、伸一とやまちゃんが待つスクムビットのタイ料理店〝シャム〟にポロシャツ姿の井上光陽が姿を現した。

「やあ、どうも」

背筋をぴんと伸ばした姿勢が若々しい。とっくに七十歳を越しているはずだが、五十代半ばでも十分に通用するだろう。

伸一の予測通り、一郎は、井上光陽に取材を申し込んでいた。

「長谷さんから取材申し込みの電話をいただいた時、生憎、僕は一ヶ月のヨーロッパ旅行を控えていましてね、結局、お目にかかれなかったのですが、以前、僕が書いた『魔界バンコク』を読むように勧めておきました。『魔界バンコク』は、麻薬を巡って米、ソ、中の情報部員がバンコクを舞台に、日夜暗闘を繰り広げていた一九七〇年前後を描いた本ですがね……。当時、バンコクでは、麻薬絡みと思われる殺人事件が頻発し、タイ警察もほとんどお手上げの状態でした。いや、お手上げというよりは、傍観していたという噂もありましたがね。昔から外交の上手さに定評があるタイ政府としては、米、ソ、中といった大国間の抗争に、下手に首を突っ込みたくなかったのではないでしょうか。なにしろ、麻薬の栽培、精製、密売の全てを傘下に治めようとして大国が国レベルで争っていたのですからね。この状況を見て取った辻参謀が何事かを画策したとしても不思議ではないでしょう」

「その本なら、父が失踪した当時、宿泊していたチェンマイのホテルに読みかけのまま残されていました。確か、栞が挟まれていた頁にはメーサロンのことが書かれていたと思います」

「メーサロンは今でこそ中国茶の生産地として有名ですが、かつては毛沢東率いる共産軍に中国本土を追われた国民党の残党が捲土重来《けんどじゅうらい》を期して居留していたところです。彼らはそこに軍事訓練所や中国語の学校を作り子弟の教育にあたる一方、山岳民族を使って芥子の栽培、精製を行い、それを資金源として大陸反攻のために備えていました。アメリカや台湾政府が反共の砦として彼らを強力に支援していたので、タイ政府も黙認せざるを得なかったと思いますよ。当時、メーサロンはまさに治外法権の感がありましたね」

やまちゃんが呟いた。

「そうか、台湾政府が後押しをしていたとなると……。確か、辻参謀は台湾の蒋介石総統とは昵懇《じっこん》の仲でしたよね？」

井上光陽がその後を続けた。

「そう、辻参謀と蒋介石総統との関係は、日中戦争の最中《さなか》、昭和十八年にまで遡《さかのぼ》る。当時、国民党政府最高指導者として日本と戦っていた蒋介石の母堂の法要を、彼の郷里、浙江省で日本軍が盛大に執り行ったが、その仕掛け人が辻参謀だった。それに恩義を感じた蒋介石は、後に彼を保護することになる」

伸一が、納得したように大きく頷いた。

「バンコクで終戦を迎えた辻参謀は、連合軍の目を欺いてタイを脱出、中国で蒋介石に匿ってもらっていましたよね。蒋介石に助けてもらった彼が、今度はメーサロンで大陸反攻を目指している国民党軍の役に立ちたいと考えても不自然ではないですね」

伸一の問いに井上光陽が鷹揚に答えた。

「僕もそれは話としては面白いと思うよ。たぶん、長谷君のお父さんも君たちと同じような推理をしたのじゃないか。ただ、辻参謀がメーサロンに行ったという話は聞いていないがね。しかし、僕の勘ではお父さんは間違いなくメーサロンに行っているね」

誰しも、自分の得意分野について語ることは楽しいとみえる。

その後も、井上光陽は上機嫌で二人にタイの麻薬事情を話し続けた。

別れ際になって井上光陽は、急に思い出したように浮かしかけていた腰を再び椅子に戻した。

「そうそう、奴に会ってみたらどうかな。彼は自称、アメリカ国籍を持つフリージャーナリストで、名はロナルド・ストーン。推定年齢は四十から五十、正体不明の人物だが、特ダネ狙いの一発屋ではないと僕は睨んでいる。僕が知る限り、ゴールデントライアングルを始めとするタイ周辺の麻薬事情に最も詳しいジャーナリストだ。どうだね、会ってみるかね。なぜか、彼は毎週金曜日の午後七時に外国人記者クラブに姿を現す」

＊加藤隼戦闘隊……太平洋戦争の緒戦において、南方方面で輝かしい戦果を上げた戦闘機部隊。その勇姿を讃えた映画や軍歌は大ヒットした。

十五. メーサロン

井上光陽と別れた伸一とやまちゃんは、スクムビットの居酒屋に席を移した。

ここ数年、バンコクには日本料理店や日本風居酒屋が目立って増えている。二人が暖簾を潜った店も、店員がタイ人である以外は全く日本の居酒屋と変わるところがない。

「やまちゃん、俺は、とにかくメーサロンに行ってみたい。なんとか日帰りで行ってこられる手立てはないかな？　明日の夜十一時発の東京行きの便にさえ乗れれば、月曜の朝のミーティングには十分間に合う」

「先輩、足さえ確保できれば、時間的にはなんとかなるんじゃないですか。バンコクからチェンライまで飛行機で約一時間半、そこから車で山道を二時間くらい走るとメーサロンです。航空券は知合いの旅行社に取らせますが、問題はチェンライからの車ですね。ソンテウという相乗りの車があるのですが、とにかく遅い。そのうえ、相客の都合でとんでもない場所に寄り道することがあるので全く時間が読めないんです」

「そうだ。ミャウに頼むのはどうだろう。俺は、彼女に糾《ただ》してみたいこともいろいろとあるしね」

「僕もミャウには一度会ってみたいと思っていました……。しかし、チェンマイからチェンライまではおよそ二百キロ。車でとなると、三時間は見ておく必要がありますね。飛行機がチェンライに到着するのが八時三十分、彼女は五時過ぎにはハンドルを握っていなければならないことになりますよ」

仲一はやまちゃんの携帯電話からミャウに連絡を入れた。


翌日の朝、チェンライ空港の到着ロビーでは清々しい笑顔のミャウが仲一とやまちゃんを待っていた。昨夜のミャウとの電話で、一郎がメーサロンを取材していること、それも彼女を同行させていると聞いていただけに、二人は期待に胸を膨らませていた。

空港脇の畑では、朝の光を一杯に浴びた向日葵が風に揺らいでいた。

「やあ」

向日葵畑の前に止めてある車の窓から上半身を乗り出したシリコーン刑事が手を振っている。

「僕も、たまたまメーサロンへ行く仕事がありましてね。それに、仲一さんたちも警察官の僕が同行していた方が何かと便利でしょう」

「いいえ、本当は私が刑事さんにお願いしたのよ。ご存じのようにメーサロンでは母も命を落としていますでしょう……」

「ええ？」

仲一は、一瞬たじろいだ。

「私の父と母のことは、もうバンクから聞いているのでしょう。バンクが私のことを調べているってシリコーン刑事が教えて下さったわ」

次の言葉を探している仲一に構わず、ミャウは仲一とやまちゃんを後部座席に乗せて車をスタートさせた。

「調査を頼んだのは、ミャウ、君のことをもっとよく知りたいと思ってね……」

仲一はようやく重い口を開いた。

「いいのよ、別に気になんかしていないわ。それよりも私のことが本当に解ったのかしら？」

車は急坂が続く山道に入った。簡易舗装の道路は傷みがひどくでこぼこだらけ、そのうえ急カーブが連続していて一時も気が許せない。仲一は、ハンドルを握るミャウに話しかけることにためらいを覚えた。

重苦しい車内の空気に堪り兼ねたのか、シリコーン刑事が後部座席の二人に話しかけた。

「昔、この辺り一帯は芥子畑でした。タイ政府が麻薬撲滅に全力を注いでいる今は、ご覧のように果樹園や茶畑に姿を変えていますがね」

「中国国民党の人たちがここに住み着く前から、芥子の栽培は行われていたのでしょうか？」

やまちゃんの問いに、シリコーン刑事に代わってミャウが答えた。

「昔から、芥子は山の人たちにとって大切な生活の糧だったわ。もともと芥子は、モルヒネなどの麻酔薬を作る大切な薬草として扱われてきたのはご存じですわね。ところが、その芥子が人間の欲望を満たす悪魔の薬、麻薬の原料として膨大な利潤を生み出すことが判ると、各国が一斉に動き出したわ。中でもアメリカ、そう、東南アジアに共産勢力が拡大することを恐れたアメリカは、麻薬の精製、密売を独占して、防共の資金源にしようと考えた。これまで、細々と山の荒れ地で芥子を育てていた山の人たちが大々的に栽培するようになったのは、背後でアメリカが糸を引いていたからよ」

その時、ほぼ直角に近いカーブを曲がり終えた車の前に数人の警察官が立ちはだかった。ミヤウは急ブレーキをかけた。

「検問ですか？　ご苦労様」

シリコーン刑事は助手席の窓を開けて警察手帳を見せた。

「メーサロンで何か？　捜査ですか？」

指揮棒を持った隊長らしい警察官が車の中を覗き込みながらにこやかに訊ねた。

「まあ、そういったところです」

「お気を付けて」

隊長は部下たちに道を空けるように命じた。

車は再びでこぼこ道を登り始めた。

「先程の話の続きだけど……」

やまちゃんがミャウの背に声をかけた。

「アメリカは世界の正義を自認している国じゃないですか。そのアメリカが麻薬を防共の手段に使うなんて考えられないのですが。現にアメリカは中南米の麻薬根絶に全力を傾けましたよね。それに……」

「メーサロンの場合、芥子の栽培を仕切っていたのはアメリカではなく旧国民党軍だったと、やまちゃんは言いたいのでしょう？」

「やまちゃん、いずれにしてもアメリカが表だって麻薬を扱うわけがないだろう。しかし、当時台湾政府の後押しをしていたアメリカが、陰で画策していた可能性は十分に考えられるね」

「大国の二面性というやつですか」

いつの間にか、周りの景色は一面の茶畑となっていた。

車は道路脇に立っている〝美斯楽〟（メーサロンの中国語表記）の看板を横目にメーサロン

に入った。

「ちょっと僕は別件がありますので」

シリコーン刑事はミャウと帰りの時間と場所を約束して車を降りた。

以前、一郎が取材したという村長の家はこのうえなく質素で、木の皮で葺かれた屋根の一部が剥がれかけていた。

土間の奥に向かってミャウが声をかけると、丸首半袖の野良着に手を通しながら上品な初老の男が顔を覗かせた。無造作に着ている藍染めの野良着が、男を一層品良く見せている。不思議な組合せだと伸一は思った。

村長の黄兆民は伸一たちを庭に通し、茶をふるまった。

石造りのテーブルと椅子に付着した青い苔の上を、赤蟻が忙しそうに走り回っている。

黄村長は、一郎との遣り取りを逐一記憶していた。

辻参謀がメーサロンを訪ねているかどうか、当時のメーサロン国民党軍のトップの座にいた段将軍と会っているかどうかに、一郎の質問は集中したらしい。

黄村長は静かな、それでいて重みのある口調で語り始めた。

「一郎さんの話では、確か、辻参謀が東南アジア視察中にラオスで行方不明になったのは一九六一年でしたね。一九六一年といえば、段将軍率いる国民党軍が一族郎党とともにこのメーサロンに拠点を作り始めた年ですね。ビルマ共産軍と戦いながら、一方ではメーサロンでの足固めを始めたばかりのあの大変な時期に、辻参謀がこの地に足を踏み入れたとは考えられません。仮に辻参謀が段将軍と会っているとしても、メーサロンではなくバンコクじゃないでしょうか。その頃、段将軍はアメリカや台湾政府の特務機関と連絡を取るために、メーサロンとバンコクを何度となく往復していましたからね」

権謀術数に長けた辻参謀のことである。段将軍に会う必要があるとなれば、蔣介石から親書を取り寄せるくらいのことは簡単にやってのけただろう。

伸一は、ドキュメンタリー作家としての一郎の立場になって考えてみた。

辻参謀が段将軍に会ったかどうかについては今となっては知る由もないが、映画としては、二人が会っていることを前提にストーリーを進めた方が遥かに面白いはずだ。おそらく、おやじは、辻参謀と段将軍の二人がバンコクで会っているという仮定でシナリオを書くことにしたのではないか。二人が会っていれば、軍資金、つまり麻薬の話に及んだであろうことは想像に難くない——。

伸一は慎重に切り出した。

「失礼ですが、段将軍が麻薬に本格的に取り組み始めたのはいつ頃からでしょうか？」

「なんだって？　将軍が麻薬を？　君たちは一体何を考えているのだ」

黄村長は椅子から立ち上がって伸一を睨み付けた。

「村長、あなたがた国民党軍が大々的に芥子を栽培していたことを僕たちが知らないとでも思っているのですか」

やまちゃんのこの一言が黄村長の怒りの火に更に油を注いでしまったようだった。

「我が敬愛する段将軍を冒涜することは許さない」

「僕たちは、将軍を誹謗しようなどとは毛頭考えてはいません。ただ、事実は事実として受け止めていただきたいのです」

「とにかく、お引き取り下さい」

黄村長は席を立った。


「村長を怒らせてどうするの。『あなたがたがおっしゃる通り、我々は麻薬を手広くやっていました』と言うとでも思ったの？」

ミャウは呆れたように、伸一とやまちゃんを庭に残して外に出た。

緑の茶畑が村を包んでいる。

土産物屋の店先から茶の香りが漂ってきた。

運転席で二人を待っていたミャウには、いつもの笑顔が戻っていた。

「しかし、ああもまともに事実を否定されたのでは取り付く島もないですね」

やまちゃんがため息をついた。

「村長は、たぶん自分たちは直接麻薬に携わってはいない、山岳民族が勝手にやっていたことだと言いたかったのでしょう。イデオロギーとか国益とはなんの関係もない純朴な山の人たちを散々利用しておいて、いざとなると山岳民族に罪を擦り付けて知らぬ顔を決め込む。私にはそれが許せないの」

ミャウはこれまでに見せたことのない、激しい口調で言った。

「メーサロンで国民党軍が大掛りな芥子の栽培を始めたのは、辻参謀失踪以降ですよね。僕には、どうしても彼が関係しているように思えてならないのですが」

伸一の問い掛けに、ミャウもやまちゃんも口をつぐんだままだった。

黙って車窓に眼を遣っていたやまちゃんが叫んだ。

「あっ、桜だ」

なだらかな坂道の両側に植えられた桜並木が花のトンネルを作っている。

緑の茶畑に花吹雪が舞っていた。

「見事な桜並木でしょう」

ミャウはいつもの彼女に戻っていた。

「段将軍の徳を慕った人たちが、将軍の墓に続くこの道を台湾から取り寄せた桜で飾ろうと考えたの」

段将軍の墓は村を見下ろせる小高い丘の上に立っていた。墓の前では、数人の中国人の旅行者たちが若い女性ガイドの説明を熱心に聞いていた。

「大陸反攻が夢で終った時、段将軍は自ら先頭に立って武器を捨て鍬を取ったのです。大陸を追われ、異郷で苦楽をともにした人たちにとって、段将軍は偉大な父親のような存在でした……」

伸一たちが入ったレストラン〝サクラ〟には、テレサ・テンの歌が流れていた。

「このレストランは以前は学校でね、父も六年間ここで学んだの。全寮制の規律正しい教育方針が人気を呼んで、台湾など海外からの留学生も多かったと父は話していたわ」

「ミャウ、気を悪くしないで欲しいのだけど……。バンクの報告だと君のお父さんも、お母さんも事件に巻き込まれたことになっているよね……」

伸一の問いにミャウは意外にも冷静だった。

「父も母も麻薬に手を染めていたというのでしょう。それを話す前に、伸一さんたちに是非聞いてもらいたいことがあるの。現金収入の少ない山の人たちにとって、芥子は大切な生活の糧だったと先程お話ししましたわね。山の人たちは芥子で得たお金で、家族に必要な食料や衣服を買うことさえ出来ればそれで十分だったの。それなのに、山の人たちをけしかけて、大々的に芥子を栽培させ大きな利益を手にしたのは、一体誰なの？　何処の国なの？　そして、一方で、国をあげて麻薬撲滅をスローガンに掲げ、芥子の栽培をさせてきた山の人たちを今度は罪人扱いする。父も母も大国のその身勝手な二面性が許せなかったの。二人は密かにメオ族やアカ族の勇気ある人たちと連絡を取り合って、山の人たちのささやかな幸せを守るために戦ってきたわ」

ミャウの話が終るのを待っていた店のおばさんが申し訳なさそうな顔をして、

「ギンアライ？」《何を食べますか》と訊ねた。

伸一はおばさんが置いていった水で喉を潤した。

「でも、警察に保管されている資料には、ご両親が麻薬を密売していたという二人の供述書が残されていますね」

「あの調書を作成したのがシリコーン刑事です。ある日、刑事のもとに一通の封書が寄せられました。差出人不明のその手紙には、旅行代理店サヌックではトレッキング・ツアーの客に麻薬を斡旋していると書かれていました。おそらく、客で賑わっている〝サヌック〟を妬んだ同業者の仕業だったのでしょう。

投書を鵜呑みにした刑事は、父と母に自分にも分け前を寄越せと迫りました。根も葉もない彼の脅迫に堪り兼ねた父は、彼の上司に訴えました。しかし、その相手が悪かったのです。どうやらその上司と刑事は、裏で麻薬組織と繋がりを持っていたようでした。自分たちの立場が危うくなると思った二人は、配下に命じて父と母を殺させたのです。その後、刑事は事件をうやむやにするためにサヌックの従業員と麻薬常習者のドイツ人を脅して、偽の供述書をでっちあげたのです」

「とんでもない奴らですね。許せない」

やまちゃんは拳を握りしめた。

「そんな悪党が、おやじの捜査担当官とはね」

思わず伸一が取り落としたコップが床に大きな音を立てて砕けた。

その時、バーン、バーンと乾いた銃声が山にこだましました。

「終ったわ」

静かに腕時計に眼を遣ったミャウは、大きく息を吸い込んだ。店を飛び出した人たちが、茶畑に続く稜線を指差して何ごとか声高に叫んでいる。

「先輩、なんでしょう？」

やまちゃんも表に駆け出した。

「伸一さん、そろそろ村を出ましょうか」

ミャウに促されて伸一も席を立った。

「ここのお茶は、とっても香りがいいの」

ミャウは、おばさんから買ったウーロン茶を伸一とやまちゃんに差し出した。

運転席に入ろうとするミャウに、やまちゃんが怪訝そうな顔をして訊ねた。

「シリコーン刑事とは何処で落ち合うことになっているのですか？」

「彼のことなら心配いらないわ。三時までに彼から連絡がなければ私たちは先に帰っていいことになっているの」


車は鋭いカーブが続く急坂を下り始めた。途中、来た時と同じ場所に検問所が設けられていた。

「申し訳ありませんが、車内を改めさせていただきます」

伸一たちは外に出た。

若い警官がトランクを、もう一人の年取った方が車内を調べ始めた。別の警官が連れてきた麻薬犬がウーロン茶の袋を執拗に嗅ぎ回っている。

「失礼ですが、中身は?」

「正真正銘、ウーロン茶です」

仲一は、苦笑しながら犬の頭を撫でた。

ミャウが車を動かそうとしていると、指揮棒を持った隊長が助手席を指しながら「刑事さんは?」と不審そうな顔をした。

「ああ、刑事さんでしたら、都合で明日帰るそうです」

ミャウは隊長ににこやかに頭を下げ、車をスタートさせた。


チェンライ空港は、閑散としていた。機内も空席が目立つ。

「いやあ、今日は疲れましたね」

やまちゃんは、スチュワーデスから貰ったおしぼりで顔をごしごしと擦った。

「おやじがメーサロンに来たことは確認出来たが、それも失踪前の話だし……。とにかく、おやじの取材先を一つ一つ洗っていくしかないか」

仲一はおしぼりを首に当てた。

「先輩から聞いていたミャウと、今日の彼女とではまるで別人じゃないですか」

「確かに、落差が大き過ぎる。ミャウがあんなに激しい面を持っているなんて、俺も驚かされたよ。それはそうと、ミャウの両親は何をしようとしていたのだろうね？」

「やはり麻薬が絡んでいると思いませんか。いくら投書があったとはいえ、ただそれだけでシリコーン刑事も強請《ゆす》ったりしないでしょう」

「それと、彼が今日ミャウにわざわざ同行してきた理由も解らない」

「ミャウは、まだ僕たちに全てを打ち明けてはいませんね」


爽やかだったメーサロンに比べて、バンコクはやりきれないほど湿度が高かった。空港から一歩外に足を踏み出すと、汗がどっと吹き出してくる。

「先輩、次の金曜日に例のフリージャーナリストに会ってきますよ。結果はメールでお知らせします。どうも今日はお疲れ様でした」

国際線へ移動するシャトルバスに伸一が乗るのを見届けて、やまちゃんはタクシー乗り場へ歩き始めた。

37番ゲートの待合室は、搭乗開始までまだ三十分もあるというのに、二十三時発成田行きを待つ乗客で溢れていた。

「やあ、長谷さんじゃありませんか」

壁側に立っている伸一に声をかけたのは、チェンマイ領事館の後藤領事だった。

「その後、何か目新しい情報は入っていませんか」

「実は、今回もメーサロンに行ってみたのですが、具体的な収穫は何もありませんでした」

「そうですか、私どももお力になれず心を痛めております。警察も動いてくれているとは思うのですが……」

「父がホテルを出た後の行動は今もって不明です……」

ファーストクラスとビジネスクラスの搭乗開始を知らせる放送が始まった。

後藤領事はほっとしたように、内ポケットからファーストクラスの搭乗券を取り出した。

「実は、私、この度本省に戻ることになりました。チェンマイはわずか一年足らずの勤務でしたが、いろいろと勉強させていただきました」

「そうでしたか」

伸一の声に力がない。

「長谷さんの件は、後任の荒垣領事によく頼んでおきました。荒垣は私のような若造と違って海外勤務が長いベテランです。きっとお役に立てると思います。それでは……。そうそう、大使を通して、今後も長谷さんの捜査には全力を尽くして欲しいとタイの法務省長官直々にお願いしておきました」

「お心配り有り難うございます」

搭乗口に向かう後藤領事を見つめながら、伸一は一郎を探す手立てがまた一つ消えていくような気がした。

十六．ラオス

その週の金曜日、やまちゃんはロナルド・ストーンに会うために外国人記者クラブに顔を出した。

談話室にはタバコの煙がもうもうと立ちこめていて喉がちりちりする。

タイでは、映画やテレビドラマの喫煙シーンにぼかしをかけるくらいの徹底した禁煙キャンペーンを進めていて、ホテルのロビーやレストランなど屋内での喫煙は法律で禁止されている。

しかし、ここ外国人記者クラブはどうやら治外法権であるらしい。

中国人記者と碁を打っていた日報新聞の古賀勉が、目敏くやまちゃんを見つけた。

「おいおい、一体全体これはなんの風の吹き回しかね」

やまちゃんからここに来た経緯を聞き終った古賀記者は、碁石を投げ出して笑い転げた。

「コガサン、アナタ、マケネ」

中国人記者がむっとした顔をして席を立った。

「古賀さん、何がそんなに面白いのですか？」

「正体不明のフリージャーナリストね。ロナルドはただのアル中さ。まあどうしてもというなら会ってみるのだな」

井上光陽が予告したように、七時きっかりにロナルドは姿を現した。二メートルは優に超す巨体、つるつるに剃り上げたスキンヘッド、短パンにサンダル履き、その風体は、異彩を放っていた。

「ロナルド、お客さんがお待ちかねだ」

古賀記者は、すっかり腰が引けてしまっているやまちゃんを強引にロナルドに引き合わせた。

「オチカヅキノシルシニ、イカガデスカ？」

その夜、ロナルドの怪しげな日本語に誘われて街に繰り出したやまちゃんは、結局、クラブを三軒もはしごするはめとなってしまった。しかも、ホステスを膝に抱き上げて、ただひたすら飲み続けるロナルドに圧倒されたやまちゃんは、とうとう最後まで肝心の用件を切り出せずに終ってしまった。

翌朝、当直のやまちゃんが二日酔いでがんがんする頭を抱えながら出社すると、ドアの前に座り込んだロナルドが紙袋の中のビール瓶をラッパ飲みしていた。

「昨夜はどうもどうも。ところで何か俺に教えてもらいたいことがあったんじゃないのか?」

机の上に足を投げ出してやまちゃんの話を聞いていたロナルドは、ビールを一気に飲み干した。

「イチロウだっけ? 彼のような外部の人間が調査出来るほど、今の麻薬の世界は単純じゃない。せいぜい末端組織の周りを嗅ぎ回るのが関の山さ。麻薬産業が個人ビジネスで成り立っていたのは昔のこと、今は国レベルで争われている巨大ビジネスさ。もちろん、表だって麻薬を扱っている国などありはしないがね。辻参謀ほどの人物なら、おそらくそれを百も承知で動いていたと思うね」

「一郎さんがラオスやミャンマーに一度ならず二度、三度と足を運んでいるということは、当然、現地で誰かを取材しているはずですよね」

「まさか政府筋の人間に麻薬関係の取材を申し込むわけにもいかないだろうから、会っているとすれば組織の人間、それも末端に近い人物だね。やまちゃん、この際どうだい、とびっきり美味いラオビールを飲みにビエンチャンに行くっていうのは? それに、フランスパンのかりっとした歯ごたえがこたえられないぜ」

ロナルドはやまちゃんが冷蔵庫から取り出した缶ビールを喉に流し込むと、やまちゃんの返事も聞かずに大股でドアの外に消えていった。

これが一国の首都なのか——。

ビエンチャンを見てやまちゃんは驚いた。

バンコクから飛行機でわずか一時間、あの喧噪渦巻くバンコクとはあまりにも対照的な風景だった。道路はでこぼこ、走っている車のほとんどは、日本ならとっくに廃車になっているようなおんぼろ車、それに、街には高層ビルはおろか低層ビルすら建っていない。

ロナルドと落ち合うことになっている五時半までには時間はたっぷりある。

やまちゃんは、トゥクトゥクを拾って日本大使館に向かった。

やまちゃんに応対した大使館職員、鈴木実は、四十歳そこそこの如何にも好人物といった感じの男だった。彼は、やまちゃんの求めに応じて嫌な顔一つせずに、ここ三年間の訪問者記載ノートを閲覧させてくれた。そのノートには、訪問者の名前と訪問相手、それに日時が書き込まれている。

やまちゃんは、まず一郎が失踪した後の日付に当たるページを調べてみたが、長谷一郎の名前は見出せなかった。横でノートを捲っていた鈴木実が人の良さそうな顔を綻ばせた。

「ありました、ありましたよ。ほら、昨年の二月二日の欄に長谷さんの名前が書かれていますね」

　面会相手は館山薫代理公使となっている。

「館山さんにお目にかかれますか？」

「申し訳ありませんが、今日、代理公使は不在です」

　鈴木実は、困ったという表情で眼を伏せた。

「せめて、電話ででも話をさせていただけませんか？」

　やまちゃんは食い下がった。

「実は、代理公使は、ベトナム大使館のパーティーに出席しておりまして……」

「そこをなんとか」とやまちゃんに拝み倒され、根負けした鈴木実はベトナム大使館に電話をかけた。

「館山です」

　明らかに不機嫌な声が受話器の向こうから聞こえてきた。やまちゃんはできるだけ手短に用件を告げた。

「長谷さんは、一九七七年に発生した強盗殺人事件、つまり日本大使館の二等書記官夫妻が被害に遭った事件に興味をお持ちのようでしてね。真相を知りたいとしつこくお訊ねでしたが、『単純な強盗殺人事件に真相も何もありません』とお答えしたのを記憶しています。では、失礼いたします」

電話は一方的に切られた。

大河メコンは悠々と流れていた。

屋台のおばさんにビールとサンドイッチを注文したやまちゃんは、堤に並んでいる椅子に腰を下ろした。

（大河とはいえたった一本の川を隔てただけで、なぜタイとラオスにはこれほどまでに大きな経済格差が出来てしまったのだろう）

やまちゃんは、果てしなく広がる川面を見ながら考え込んでしまった。

パンを焼く香ばしい匂いを川風が運んできた。屋台のおばさんが、炭火で焼いたフランスパンの横に包丁を入れ、ハムやソーセージ、野菜、ペーストなどおよそ十種類以上もの食材を挟み込んでいる。ロナルドが言った通り、フランスパンのサンドイッチとラオビールは最高だった。

「やまちゃん、どうだ美味いだろう」

土手の下でトゥクトゥクを降りたロナルドが大声を上げて手を振っている。

「もうすぐ、川の向こうに夕日が沈みますよ」

ロナルドにビールを持って来たおばさんが、対岸を指差した。

その対岸から一艘の船が轟音を立てて川を横切ってきた。川を渡り終えた船は、二人が座っている堤のすぐ下の砂地を少し走ってからエンジンを止めた。

やまちゃんは、初めて見る水陸両用挺に目を凝らした。船底を持ち上げるように包んでいるゴムが萎んで、船はすっと腰を落とした。乗客が船を降り始めた。ざっと見て十人はいるだろうか。

完熟トマトのような真っ赤な夕日が対岸のタイに沈もうとしていた。

「やまちゃん、どうだい、『007』顔負けの世界だろう。あのホバークラフトに乗るためには、ラオス政府発行の特別許可証が必要でね。そのほとんどはタイの貿易商さ。少なくとも表向きはね」

下船した乗客たちがシルエットになって土手を登ってくる。

「いよいよ、ジェームズ・ボンド様のご登場だ」

ロナルドは乗客の列から一人離れて歩いている男を顎でしゃくった。

「これは、これは、奇遇ですな」

男はやまちゃんの顔を覗き込むようにして前の椅子に腰を下ろした。

男はビシアンだった。

「やまちゃんがビシアンの知合いとはね」

ロナルドは肩をすくめて両手を広げた。

「ビシアンさんとは、以前、スクムビットでお目にかかったことがありますが、まさか、こんな場所で、またお会いするとは。いやあ、びっくりしました」

「今日は何か取材で？」

ビシアンはやまちゃんの動揺を見透かしたかのように、にやりと笑った。

「いえ、遊びですよ。メコンに沈む夕日を見ながらラオビールを飲むのも悪くないと思いましてね」

「それは、優雅なご身分ですな。八十近くなった今もこうして商談に走り回っている私とは、えらい違いですな」

土手の下の道路に黒いベンツが止まった。それを見て、ビシアンが椅子から立ち上がった。

「じゃ、私はこれで失礼します。ロナルド、明日の件は手配済みです。約束の時間と場所を間違わないように」

ロナルドがビシアンの肩を叩いた。

「オーケー、バンコクに帰ったら電話をかけるよ」

ビシアンは、ロナルドとやまちゃんに両手を合わせるタイ式挨拶をして土手を降りていった。

すっかり夕闇の中に沈み込んでしまったメコンの向こう側にタイの街の燈が輝いている。

まだ七時というのに、街燈もネオンもないビエンチャンの街は暗闇の中に静まり返っていた。

「さっきビシアンに会ったのは偶然と思うかね」

「うーん……」

ホテルのバーに腰を落ち着けて再び飲み始めたロナルドは、口元の泡を拭った。

「たまたまスクムビットで会った男に今度はビエンチャンで出くわす、出来過ぎと思わないかね?」

「確かに……」

「そもそもスクムビットで、やまちゃんがビシアンに会ったのも偶然ではない。奴は、その日、やまちゃんが店に来ることを知っていて網を張っていた」

「一体何のために?」

「失踪したイチロウの足取りを追っているやまちゃんたちの動きに探りを入れるためさ」

「僕たちの動きを知ってどうする?」

「イチロウは失踪する前に、奴に何度か会っている。このビエンチャンでね。辻参謀の調査を進めていた彼は、ある日、麻薬という重大なキーワードに気付く。つまり、辻参謀と麻薬との関連性を洗い出すことが、失踪の真相を追及していくうえで絶対必要だと彼は考えた。彼の執拗な調査が始まった。その調査が的を射ていたかどうかは別として、麻薬組織にとっては組織周辺に見え隠れする彼は煩わしい存在だった。そこでビシアンのご登場だ」

「ビシアンとは、一体何者なのですか？　僕には、商売を手広くやっていると言っていましたが……」

「彼は、そんな上等な男ではない。裏社会にどっぷりと浸っている情報屋だよ。組織と組織を上手く泳ぎ回って情報を集める。時には、意図的に偽の情報を流す、頼まれれば殺しも引き受ける、いわば闇の便利屋さ」

「まさか彼が一郎さんを……」

「イチロウに近付いた彼は、もっともらしい根拠をあげて辻参謀の失踪と麻薬とは何の因果関係もないと力説したのじゃないのかな。しかし、それでも麻薬組織の取材を続けようとする彼を見て、ビシアンは一計を講じた。ビシアンが彼に対して末端組織の取材の面倒を見る代りに、彼は、以後、麻薬関係の調査から手を引くよう取引をしようとした」

「末端組織とはいえ、闇の世界にカメラが入れますかね？」

「末端組織なんてトカゲの尻尾にも値しない。切り捨てるためにあるようなものだ」

「しかし、ビシアンがそんな面倒な手を使いますかね？」

「彼お得意の水際作戦だよ。出来るだけ手荒なことはしないで水際で防御する。闇の世界で生き延びてきた奴らしいやり方だ」

「それで、今度は僕に探りを入れてきたってわけですか」

ロナルドはビールを持ってくるようバーテンに右手を挙げた。

「ロナルド、それにしても、あなたはビシアンが一郎さんとか僕に会っていること、しかも彼の思惑までをなぜ知っている？」

「それを聞いてどうする。俺には、俺独自のアンテナがあるっていうことだ」

「じゃ、一つだけ教えてくれ。今日、ビシアンと僕が会うように仕組んだのは、あなたなのか？」

「その通り。やまちゃんは俺の知合いだということを、奴に見せておきたかった。奴があんたに手を出さないように」

「どうして、僕をかばう？」

「質問は一つじゃなかったのか。やまちゃんの人柄に惚れたとでもしておこう。そうそう、明日、ルアンパバーンで面白いものが見られるぜ」

「それから……」

「おいおい、まだ何か聞き足りないのか」

「ロナルド、あなたが記者クラブに金曜日、それも七時に決まったように現れるのはなぜだ」

「くだらない、理由は簡単だ。休日を明日に控えた金曜の夕方は、記者連中にとっても一番ほっとする一時だ。日頃、口の堅い連中がぽろっとネタを漏らすのも、そういう時さ。それに、フリーの俺とは違って、連中は潤沢な取材費が懐に眠っている。俺はたっぷりとアルコールにありつけるってわけさ」

ビールを飲み続けるロナルドを残して、やまちゃんは部屋に戻った。


村全体が世界文化遺産に指定されているルアンパバーンは、旧植民地時代を懐かしんで来るフランス人観光客で賑わっていた。村の中心を走る道の両側に、古い寺院や木造のフランス風家屋が並んでいる風景は江戸時代の宿場町に何処となく似通っていた。

ビシアンがロナルドに指定したゲストハウス〝ボンソワール〟は、村のほぼ中心に建っていた。ビシアンが手配してあったとみえて、二人が通された三階の部屋からは道路が手に取るように見渡せた。


午後七時、夕闇に沈んだ村の中に道路だけがうっすらと浮かび上がっている。

「さあ、お約束のショウタイムだ」

ロナルドが部屋の明かりを消した。

やまちゃんは道路に眼を凝らした。道路を歩く人の数は昼間よりは少ないが、それでも人影が絶えることはない。

大きなリュックサックを背負って歩いてきた若者が〝ボンソワール〟の前で立ち止まり、地図を広げた。今夜の宿でも探しているのだろう。

金髪のその若者は、おりよく通りかかった二人連れに声をかけた。二人の男は、左右から若者を挟み込むようにして地図に目を落としている。薄明かりでよく見えないのか、男たちは地図を若者の手から自分たちの手に持ち替えて覗き込んだ。

「やまちゃん、地図をよく見ていろ」

ロナルドが囁いた。

男たちは、若者が探している場所が判ったのか、左側の男が道路の向こうを指差しながら若者に何か説明しているようだった。

その間に、もう一人の男が地図をたたみ始めた。やまちゃんは、男がポケットから小さな袋のようなものを取り出し地図にたたみ込むのを見逃さなかった。地図を受け取った若者は、二人に礼を言って立ち去った。

「さあ、飲もうぜ、質問はなしだ」

ロナルドは、部屋の明かりを点けた。

翌朝、やまちゃんが目覚めると、ドアにロナルドのメモが挟まれていた。

『俺は、しばらく山に入る。その理由は……おっと質問はなしだ。またバンコクで美味い酒を飲もうぜ。　金曜日の男、ロナルド』

伸一は、やまちゃんの長いメールを一気に読み終えた。やまちゃんの熱気がモニターから伝わってくる。

伸一は、柱時計を見上げた。

針は午前零時を指そうとしている。バンコクは、まだ十時。たぶん、彼は自室でメコンの水割りを飲んでいる頃だろう。伸一は、やまちゃんに電話をかけた。

呼び出し音が響いているが、一向に受話器を取る気配がない。まさか、この時間に支局にいるとは思えなかったが念のため電話をかけてはみた。案の定、留守を伝えるテープの声が流れただけだった。携帯電話にもかけてみたが電源が切られている。

（彼奴、電源まで切って何処で油を売っているのだ）

しかし、独り者のやまちゃんがおとなしく部屋にいると思う方が変なのかと、伸一は苦笑した。

タイ時間の午前零時過ぎ、伸一はベッドに入る前にもう一度やまちゃんの自室に電話をかけてみたが、呼び出し音しか返ってこなかった。


翌朝、伸一がスタッフと正午のニュースの読合せをしていると、会議室にデスクが飛び込んできた。

「部長、大変なことになりました。今朝方、バンコクのチャオプラヤー川で支局のやまちゃんが死体で発見されたそうです」

「ええ?」

部長が会議室を飛び出した。伸一も部長に続いた。部長は、まだ繋がったままになっているデスクの受話器を取った。

「もしもし、報道の木村です……」

部長は支局長の説明を聞いているらしく、「うんうん」と頷いているがその声にだんだん力が失くなっていく。

伸一は、部長の表情から全てを読み取ろうと彼の横顔に全神経を集中した。

大粒の汗を額から垂らした部長は椅子に倒れ込むように座ると、震える手でタバコに火を点け深々と吸い込んだ。

「部長、死体はやまちゃんに間違いないのですか」

「うーん」

部長は、点けたばかりのタバコを揉み消すと、また次のタバコに火を点けた。

「死体は、今朝早くオリエンタル・ホテルの近くの桟橋で発見されたそうだ。警察の話では、死体に外傷はなく、解剖の結果、死因は溺死と断定されたそうだ。ただ、体内からは多量のアルコール成分が検出されたので、警察では泥酔による転落死と考えているらしい」

「でも死体がやまちゃんかどうか……」

「残念だが支局長がすでに死体の面通しを済ませ、やまちゃんであることを確認したそうだ」

「部長、あの酒に強いやまちゃんが、酔って川に落ちるなんて僕には考えられません」

「俺も信じられない」

「やまちゃんが飲む店といったらスクムビット界隈でしょう。わざわざチャオプラヤー川の近くまで足を延ばしますか？」

「うーん……。支局長の話だと、七時過ぎに支局を出た後のやまちゃんの足取りは誰にも判っていないようだ」

伸一は、やまちゃんがこれまで一郎の捜査に協力してくれていた経緯を掻い摘んで話した。

仲一の話を聞き終った部長は、また新しいタバコに火を点けた。

「しかし、長谷、辻参謀が失踪してからもうかれこれ四十年にもなる。仮に、やまちゃんがその秘密の核心に迫っていたとしても、そんな一昔前の事件の真相を隠すために彼を消してしまうだろうか？」

「部長、私にはどうしても父の失踪とやまちゃんの死が無関係には思えないのです。確かに辻参謀の失踪は四十年も前の話ですが、その後のタイのシルク王失踪事件や、ラオスの代理大使夫妻の惨殺事件、台湾の歌姫のチェンマイでの突然死、父の失踪、そして今回のやまちゃんの死を一本の糸で繋いでみると、〝麻薬〟が共通のキーワードとして浮かび上がってきます。以前、父が作品で取り上げたことのある元日本兵、山田五郎に会った時、父の捜索にあまり深入りするなと忠告を受けたことがあります。どうも、この元日本兵は、何か重大なことを隠しているような気がしてなりません。僕は、父の捜索に協力してくれたばかりに命を落としたやまちゃんに報いるためにも、真相を究明したい気持ちで一杯です。お願いです。明日、チェンマイに行かせて下さい。元日本兵に会ってきます」

「父の捜索に行くなとは、私には言えない。しかし、もし、やまちゃんの死が長谷の推理通りとすれば、おっつけ長谷も事件に巻き込まれる危険性は十分にある。それでも行くというのなら、私は敢えて止めないが……」

部長は空になったタバコの箱をごみ箱に捨てた。

十七．人間の業

暖冬が続いた今年はまだ三月も半ばを過ぎたばかりというのに、東京・千鳥ヶ淵の桜がすでに綻び始めていた。

やまちゃんの不慮の死を知った京子も貴子も伸一のチェンマイ行きに頑に反対したが、今回の旅で決着を付けたいと伸一は強引に二人を説得した。

冷房がよく利いたチェンマイ空港から外に出ると、猛烈な熱気が漂っていた。風がそよとも吹かない。伸一の顔から大粒の汗が滴り落ちた。

ターペー・スイートプレイス・ホテルでは、伸一の希望通り一郎が使っていた５１０号室がキープされていた。

部屋に入った伸一は、スーツケースをベッドに投げ出すと、冷蔵庫からよく冷えたビールを取り出し、テーブルにコップを二つ並べた。そして二つのコップにビールを注いで、「やまちゃんに献杯」と言って両手でコップを掲げた。

眠れない夜を過ごした伸一は、夜が明けるのを待って、ホテルの前にある寺院の裏門を潜った。朝のひんやりとした空気の中を本堂から修行僧たちの読経の声が流れてくる。

伸一がホテルの食堂で朝食をとっていると、バンクとミャウが連れ立って入ってきた。事故死として片付けられたやまちゃんの死に、バンクは少しの疑いも持っていない様子だった。伸一も敢えて二人に、生前のやまちゃんの動きについては語らなかった。

「おやじの捜索は続けてくれているのでしょうね」

「クラ《ぇ》ップ《ぇ》」

バンクが困惑の表情を見せた。

「実は先月、シリコーン刑事が公務執行中に殉職されました。突然のことでまだ後任が決まっていませんが、取り敢えずは僕が後を引き継いだ形にはなっています」

「シリコーン刑事が、まさか……」

伸一は思わずミャウの顔を見た。

ミャウは瞬きもしないで伸一を見つめ返した。

「つい先月、麻薬捜査のため一人でメーサロンに入った刑事は、付近の山中で射殺死体となって発見されました。犯人は刑事の捜査が身辺に及ぶのを恐れた組織の一員と思われますが、いまだ捕まっていません。正義感が人一倍強く、勇敢だった刑事は、僕にとっては上司というより頼れる兄貴のような存在でした……」

会話が途絶えた。

三人は黙ってバンクのピックアップ・トラックに乗った。バンクは、伸一とミャウをドイステープまで送り届けると、一人、山を降りて行った。


「ミャウ、僕たちがメーサロンで聞いたあの銃声がそうだったのか」

伸一は、メオ族の村へ行く車に乗り継ごうとしているミャウを引き留めた。

「そう、ご推察の通りですわ」

ミャウは、恐ろしいほど冷静だった。

「まさか、あなたが仕組んだのでは?」

「山の人たちにとっても、私にとっても、もうこれ以上彼をのさばらしておくわけにはいかなかった。『私の仲間が麻薬密売の新しいルートを開拓しようとしているので力を貸して欲しい』

と持ちかけたら、彼は簡単に乗ってきたわ。後は、山の仲間が予定通り彼を処分するだけだった。因果応報というのかしら」

「因果応報だって？　そういえば、やくざの水死体の前でシリコーン刑事が同じ言葉を吐き捨てるように言ったことがある」

「因果応報、私たちタイの仏教徒はよく使うわね。たぶん、殺されたやくざは、彼と敵対する組織の人間だったのでしょう。彼としては、『ざまあみろ』という感じだったのじゃないかしら」

「因果応報か。それにしても、ずいぶん身勝手な使い方をするものだね」

ミャウは首をすくめて笑った。

「それとも一つ。シリコーン刑事がおやじの事件担当になったのは、単なる偶然だったのだろうか？」

「麻薬組織の取材を進めていた一郎さんは、組織と繋がりのある警察内部の人間からもマークされていたはずです。もともと麻薬取締りの専任刑事だったシリコーン刑事が、一郎さんの捜査担当に任命されたのは、決して偶然ではないと思います」

「まさか、おやじの失踪にシリコーン刑事たちが絡んでいるなんてことはないだろうね」

「それはないと思う。もし、一郎さんの失踪がシリコーン刑事たちによって仕組まれたものだったら、あれだけしつこく一郎さんの取材ノートを探したりはしないはずだわ」

「本当は、彼が取材ノートを持っていて、それを取り繕うために芝居を打っているとも考えられる」

「取材ノートについては、私も何度か質問を受けたわ。さも、私が隠していると言わんばかりにね。あれは芝居ではないわ」

「取材ノートをシリコーン刑事が持っていないとすれば、おやじが持って出かけたか、失踪後誰かが持ち出したかのいずれかということになる。ミャウ、まさか、あなたが……」

ミャウは首を横に振った。


メオ族の村へと続く山道を車は登り始めた。

ミャウが眉を顰《ひそ》めて伸一に言った。

「お祖父様は、やまちゃんは殺されたと確信しています。私も同じです。バンクは、酒に酔って川に落ちたと本気で思っているようですが」

「お祖父様は、誰がやまちゃんを殺したか目星がついているのでしょうか?」

「直接、誰が手を下したのかまではお祖父様にも判らないでしょうが……。次は伸一さんが狙われるのではないかと心配しています」

芥子畑の向こうには、以前と同じ位置に座った山田五郎がキセルを吹かしていた。その風景は、まるでビデオテープを巻き戻して見ているようだった。

「伸一はん、遠い所へよう来てくれはりましたなあ。それにしても山本はんは、えらい災難でおましたなあ」

矮鶏《ちゃぼ》のような敏捷な鶏が山田五郎の足元を駆け抜けた。

「山田さんお願いです。今日はご存じのことを洗いざらい私に教えて下さい。お願いします」

伸一は、山田五郎に懇願するかのように頭を下げた。

「お茶を入れてきます」と言ってミャウは席を外した。

「早いものやなあ。軍医殿とお別れして、もうかれこれ五十年以上になりますなあ。その軍医殿もとうの昔にお亡くなりになりはった。そろそろ全部話してしもうてもええんやろうなあ」

山田五郎は、天を仰ぐようにして呟いた。そして、やおら気を取り直したかのように伸一の方に向き直り口を開いた。

それは意外にも、辻参謀が画策したラオス建国の青写真についてであった。

「辻参謀のことは、バンコクの滝先生からあらましは伺っています」

「ほんなら話は早いわ」

山田五郎は、突然、能弁になった。

「並のお人なら、日本が負けたと判ったところで諦めるんとちゃいますか？　そこが、辻閣下が皆とちゃうとこですわ。いつか計画を実行に移す時がやってくると、閣下は信じてはりました。閣下はわてに、『メオ族の部落に潜伏し機が熟すのを待て』と命じはったんです」

「山田さんの他には、辻参謀の命令を受けてこの地に残留した日本兵はいたのでしょうか？」

「これは、ずっと後になって判ったことやけど、我が軍が連合軍の手で武装解除を受ける前に、相当数の兵隊が姿を消したらしいですわ。ただ、その中に閣下から命令を受けた兵隊が何人くらいいたかは判りまへん」

「で、山田さんは、そのうちの何人かとは連絡を取り合っていたのでしょうか？」

「そんなことするわけありまへんやろ。もし、仲間同士で連絡を取り合って、それが敵側に漏れたら一巻の終りですわ。こういう時は、仲間の名前も数も居場所も、お互いに知らされないのが常識ですわ。そやけど、いつあるか判らへん閣下からの連絡をじっと何年も何年も待つ、その辛さ解りますか？　人間、だんだん疑心暗鬼になりまっせ。子供の頃、野っ原で隠れん坊してて、隠れてたらいつの間にか仲間が皆して帰ってて、気が付いたら一人だけ野っ原に残されていた、あれと一緒ですわ。連絡を待ちきれずに、ラオス、カンボジア、ベトナム、ミャンマーの独立戦争や内戦に参加し、命を落としはったお人も多いのとちゃいますか」

「元日本兵の中には、辻参謀の命を狙っていた者もいたというのは本当ですか？」

「閣下はご自分だけではなく、人にも厳しいお人でしたから一部の兵隊から恨みを買っていたのは事実ですわ」

「亡くなったやまちゃんからのメールには、辻参謀は元日本兵の手で葬られた可能性も十分に考えられると書いてありましたが、山田さんには何か心当りはありませんか？　そうそう、その話の出所は、バンコクやラオスで貿易商を手広くやっている元日本兵のビシアンという人物だそうですが」

「ビシアンでっか。奴は煮ても焼いても食えない人物ですわ。彼は皆に、自分は閣下の命を受けてタイに滞ったと言い触らしているそうですが、それは真っ赤な嘘ですわ。彼は兵隊時代に、タイ人への婦女暴行の罪で二度も営倉にぶち込まれている男でっせ。あの曲がったことが嫌いな閣下が、なんのばちあってあの男を残置諜者に選びまっか。奴は、表の顔は貿易商ですが、ほんまは、麻薬密売組織の一員ですわ。閣下を殺したのは、おそらくそっちの筋の者とちゃいますか。それを隠すために、閣下に恨みを持った元日本兵が殺《や》ったなどとあらぬ噂を流しているのですわ」

「もし、辻参謀が麻薬密売組織の手にかかったとしたら、その組織にとって辻参謀は邪魔な存在だったということになりますね」

「策謀好きの閣下が、当時、まだ政局が安定してない東南アジアで、何かを企てようとしはったとしても不思議ではないでっしゃろ。ひょっとしたら、閣下から麻薬組織に接触を持とうとしはったかも判りまへんなあ。事実、ビエンチャンで閣下はビシアンと何度も会っています。たぶん、ビシアンから閣下に近付いたのとちゃいますか」

「ビシアンが辻参謀に会ったという話を、山田さんは誰からお聞きになったのですか？」

「ビシアン本人ですわ。たまに、ひょっこりと村に現れて様子を探っていくようですわ」

「しかし、辻参謀は何を画策しようとしたのでしょうね？」

「その頃ベトナムは戦争前夜で、北と南の対立が次第に激しくなり、ソ連、アメリカがそれぞれを後押しして風雲急を告げていた時ですわ。当時、ソ連やアメリカの諜報機関は、麻薬密売組織と水面下で手を結ぼうと工作していたという噂もありますわ。そこに目を付けはった閣下が、何処かの国との橋渡しをしようと組織に近付こうとしはった。一方、組織の方でも閣下を上手く利用しようと考えた。しかし、金を手にすることだけを考えている組織と、雄大な理想に燃える閣下とは相容れない部分があまりにも多過ぎたのとちゃいますか。そうなったら、組織にとって閣下は知り過ぎた男ということになりますがな」

竹で編んだ盆に小さな茶碗と急須を載せて、ミャウが芥子畑の向こうから姿を現した。

戦後、国会議員として再び陽の当たる場所を歩き始めていた辻参謀が、敢えて危険を冒してまでもかつて見た夢を追い続けようとしたのはなぜだろうか。

彼は、ラオスで消息を絶つ前に、一度、この部落に山田五郎を訪ねている。

「その時、閣下はわての手をしっかりと握りしめて、『すまん』とおっしゃいましたわ。思えば、閣下も寂しいお人でしたんやろなあ。それが、わてが閣下を見た最後でしたわ」

山田五郎は、ミャウが入れた茶を美味そうに啜りながら続けた。

「前置きがえろう長くなってしもうたけど、一郎ぼんも、山本はんも、取材を重ねているうちに麻薬密売組織の一部を知り、それが原因で消されたんとちゃいますか。それと、写真館の二代目はデング熱で亡くなりはったことになってますが、彼も一服盛られたとわては睨んでますわ」

「それは、何か根拠があっての話ですか。父が死亡した確証でもあるのですか」

「一郎ぼんにしても、山本はんにしても麻薬密売組織の手にかかったというのは、あくまでわての推理ですわ。ただ、一郎ぼんと写真館の二代目が、初代玄蔵はんの撮り集めていた写真を頼りにゴールデントライアングルを何度も探索してはりましたからな。組織にとっては、目障りこのうえない存在やったんとちゃいますか？　なあ、伸一はん、悪いことは言わへん。一郎ぼんのことは、この際きっぱりと諦めなはれ。伸一はんもこれ以上動き回ったら、一郎ぼんや山本はんと同じ運命を辿ることになるのは目に見えてますがな。仮に組織を突き止めることが出来たとして、それからどないしますのや？　個人の力でどないなるものでもない。伸一はん、焦ったらあかんで、人間、いくらきばっても無理なことは無理や」

ミャウが伸一に茶を勧めた。

「あのなあ、伸一はん」

急にしんみりとした口調で語りかけてきた山田五郎に驚いた伸一は、口元に持ってきていた茶碗を急いで盆に戻した。

「実はなあ、この娘ミャウには、わいの血は流れてませんのや」

伸一は、思わずミャウの顔を見た。

「わいも、もう長うわない、伸一はんと会うのもたぶんこれが最後でっしゃろ。わいの話を聞いてくれはりますか？」

伸一は、ゆっくりと頷いた。

山田五郎は、キセルに火を点け深々と吸い込み、まるで独り言のように淡々と語り始めた。

「戦いが激しくなるにつれて、前線からバンコクの陸軍病院に送り込まれてくる傷病兵の数は、日増しに増えていきよりましてな。ベッドが足りんで、廊下の床にまでござを敷いて患者を寝かせるほんまに悲惨な状態でしたわ。病院には、従軍看護婦として日本から派遣された看護婦さんも少しはいてはりましたが、ほとんどの看護婦はんは、タイで徴用された娘はんで、彼女らはほんまに誠心誠意、兵隊によう尽くしていましたなあ。『天使や』言うて手を合わせて死んでいった兵隊もいましたわ。メオ族の娘、ワンペンもその一人で、文字通り軍医殿の手足となって朝から晩まで夢中で働いていたのを憶えています。どない辛い時でも絶やすことがなかったワンペンの笑顔が、不眠不休で頑張っていた軍医殿の心の支えとなったと思いますわ。わいは、男女のことはよう解りまへんが、そんなワンペンを愛しく思わん方がおかしいとちゃいますか。軍医殿も内地の奥さんには申し訳ないと思いながらも、ワンペンに惹かれていったんでしょうなあ。伸一はんには言うときますけど、軍医殿は誠実なお方や。間違っても、一時の寂しさを紛らわすためにワンペンを相手にしたんとは違う。それだけは、よう胸に納めて聞いてくれはりますように。後で判ったことやけど、軍医殿はワンペンを日本に連れていこうと真剣に考えてはったんですわ。ところが、まさかの敗戦。日本軍は武装解除され、軍医殿は収容所に入れられ、帰国を待つ身となってしもうた。もちろん、ワンペンを伴うなんて許されへんことや。しかし、ワンペンはすでに軍医殿の子を宿していた。悩み抜いた軍医殿はわてに全てを打ち明けられた……」

以下、山田五郎の話によれば、ワンペンの身を案じた弥太郎は、辻参謀の密命を帯びてメオ族の部落に潜入することになった山田五郎に彼女の全てを託す。弥太郎の意を受けた彼はワンペンを妻とし、メオ族が住む山中に入った。彼女は、ほどなく弥太郎の娘を出産する。それがミャウの母親、オーイである。

山田五郎は、この運命の子を自分の娘として大切に育てた。

ワンペンが三十歳を迎えて間もなく原因不明の病でこの世を去るまで、彼は一度として彼女と閨《ねや》をともにしていない。それが、自分にワンペンを託さざるを得なかった命の恩人、弥太郎に対するけじめと彼は考えたのである。

妻子ある身でありながら道ならぬ恋に落ちた祖父に、伸一は人間の業を垣間見るような気がした。

「わいも、このことだけは一人墓場まで持って行くつもりでしたわ」

山田五郎は器用な手つきでキセルにタバコを詰め替えた。

「それにしても運命はいたずらでんな。このミャウと一郎ぼんが恋に落ちるとはなあ。一郎ぼんが、辻閣下の伝記物を作りたい言うて、わいを何回も訪ねてきはるようになった時、一郎ぼんの面倒を見るようにこの娘に頼んだのがそもそもの間違いでしたわ。ミャウが家庭を持ってはる一郎ぼんを好きになる、それだけでも世間では許されんことやと思うけど、一郎ぼんとミャウは叔父と姪の間柄や、わいも黙っているわけにはいかなかったのですわ。二人の様子に気が付いたわいは、別れるように何度も何度も諭しましたんや。そやけど反対されればされるほど燃えるのが恋とちゃいますか。思い余ったわいは、とうとう二人に秘密を明かしたのですわ。後はミャウから聞いたらええ」

山田五郎は、ミャウを促した。

「お祖父様から、一郎さんが私の叔父だと聞かされたときは気が遠くなる思いでした。それは、一郎さんも同じでした。家庭を持つ人に恋をする、これはもちろんタイでも許されないことです。でも、人の気持ちってそんなに簡単に理屈で割り切れるものでないってことは、伸一さんにも解っていただけますでしょう。最初、お祖父様から一郎さんのお仕事のお手伝いを頼まれた時は、何かお役に立てばとただそれだけでした。それが一郎さんからいろいろと日本のお話を聞いたり、お仕事の話を伺ってるうちに、私の心はいつの間にか一郎さんに傾いていきました。私の体の中を流れる日本人の血が無意識のうちに働いたのかもしれません。せめて、一郎さんがタイにいる時は一緒にいたい、私の思いは限りなく強くなっていきました。私の気持ちを知った一郎さんは前にも増して優しくして下さいました。ただ、一郎さんは、最後まで私を女性としては扱って下さらなかったのです。『家庭を持つ僕は、娘のようなミャウを自分のものにすることだけは出来ない、それが僕の生き方だ』とおっしゃいました。それでも私は幸福でした。伸一さん、解っていただけますか」

伸一は黙って頷いた。ミャウの頬から涙が流れ落ちた。

「一郎さんは、辻参謀の作品に賭ける思いをよく私に話して下さいました。かつては権謀術数の人と言われた彼が数奇な運命を経て、最後は人間としての自分を見つめ直そうとする、そんな作品にしたいとおっしゃっていましたわ」

山田五郎は、赤や黄色、白い花が風に揺れている芥子畑を見つめていた。

「伸一はん、もう無駄な捜索は止めて、はよう日本に帰りなはれ」


坂の途中で伸一が振り返った時、山田五郎の姿はもう見えなかった。

芥子の花だけが風に揺らいでいた。

十八．父の幻影

車が山を降り始めた時、伸一は山田五郎にナンクワのことを聞き忘れたことに気が付いた。

ミャウは思い詰めたように窓の外を見つめている。

「あのう」

ミャウは伸一の方を振り返った。

「祖父や父が大切にしていたナンクワが、父の失踪と同時に消えているのです。ナンクワについて、父から何か聞いていないでしょうか？」

「なーんだ、そんなことも知らなかったのか」というような表情で、ミャウは微笑んだ。


車がピン川に差し掛かった時、「降りましょう」とミャウは伸一を促した。

水面を蓮の葉に似た水草が大きな固まりとなって流れている。

二人は川辺に腰を降ろした。

「一郎さんとお祖父様から聞いた話ですが」と、ミャウはナンクワについて語り始めた。

辻参謀はワット・リアプに身を隠す時、弥太郎に一体のナンクワを預けた。ラオス独立運動に参加を約したタイ要人の血判書と芥子栽培に適した山間部の耕地、精製工場の予定地、密売ルートを書き込んだ地図が内蔵されているブロンズ製のナンクワを日本に持ち帰って欲しいという頼みだった。

弥太郎は、辻参謀の頼みを受けたが、彼の謀略が再び日の目を見ることを恐れた。そして、件《くだん》のナンクワを山田五郎に渡し、何処かの寺に寄進するよう依頼する。

弥太郎が日本へ持ち帰ったナンクワは、辻参謀が預けたものにそっくりの実はただの骨董品だった。にもかかわらず、弥太郎はそのナンクワをこよなく愛した。おそらく、様々な思いが込められていたのではないだろうか。

そして、死に面した弥太郎は、一郎にナンクワをタイの寺院に戻して欲しいと、ナンクワにまつわる秘密を打ち明けている。

伸一は端正なナンクワの顔を思い浮かべた。祖父は、ナンクワにワンペンへの思いを描き続けてきたのかもしれない。

伸一はふと思った。

国会議員として多忙を極めていた辻参謀がわざわざ祖父を訪ねたのは、祖父からナンクワを受け取るためではなかったのだろうか――。

祖父の離れ座敷で静かに微笑んでいるナンクワが、辻参謀が祖父に託したものではないことが判った時の辻参謀の激怒と失望の様子が目に浮かぶようだった。

川原から川面に続く石段をビニール袋を持った娘と母親が降りてきた。二人はビニール袋の輪ゴムを外し、中に入っていた魚を川に放した。

母子は川の中を勢いよく泳ぎ去ってゆく魚を暫く見守って、安心したように両手を胸の前で合わせた。

「ミャウ」

水面に目を落としていたミャウは、改まった伸一の声に驚いたように振り向いた。

「ミャウ、あなたはまだ何か僕に隠していませんか？　僕の身代りになって殺されたやまちゃんのためにも、僕はこのままおやじの捜査を諦めるわけにはいかないのです。お願いです。あなたが知っていることを洗いざらい教えて下さい」

ミャウは再び水面に目を落とした。

「あなたがおやじのことを本当に愛してくれているなら、そのおやじを探している僕たちに知っていることを全て打ち明けてくれてもいいでしょう。たとえば、ビシアン。僕たちが彼のことをあなたから聞いていれば、やまちゃんだって死なずに済んだかもしれない」

ミャウは川面に眼をやったまま、伸一に答えた。

「そうね、私がお二人にメーサロンでお会いした時に、彼のことを話していたらねえ……。でも、それで引き下がるお二人じゃなかったでしょう。結果は同じだったと思う」

「それと、あなたのご両親は、山の人たちに何をしてあげようとしていたのです？」

「山の人たちにとって何が幸せなのか、父も母も考えたわ。お金に毒されてしまった山の人たちは、おおらかな山の生活よりも、車や電化製品に囲まれた街の人たちの暮らしに憧れるようになってしまったでしょう。挙げ句の果てには、手っ取り早くお金を稼ぐために女の子は街に出て売春婦になるケースが目立つようになった。今、チェンマイのバービア（女の子を店外に連れ出せるバー）や置屋で体を売っている女の子たちのほとんどは山の出なの。といって、今更、山の人たちに元の生活に戻れと言ってもそれは無理でしょう？　じゃあ、正業に就けるかというと、教育もなく国籍もない彼らを迎え入れてくれるところなんて何処にもないわ。そこで山の心ある人たちが集まって考えたの。山の子供たちのために学校を開こう。一方、大人たちには果物や茶の栽培を教えようとね。でも、それを実現するためのお金がない。取り敢えず窮余の一策として、資金作りは芥子に頼ることになったわ」

「ミャウもそのご両親の遺志を引き継いだということですか」

「山の隅々まで知り尽くしている山の人たちにとって、芥子を密かに栽培することはそう難しいことではなかったけれど、問題はそれをどの組織に売り捌くかだったの。何処から嗅ぎつけたのか、いろいろな人が私につきまとうようになったわ。シリコーン刑事もその一人でした」

「父は、あなたたちの計画を知っていたのですか？」

「ええ、私から話を聞いた一郎さんは、辻参謀の映画の中で是非山の人たちを描いてみたいとおっしゃっていました。正義感の強い一郎さんとしては、いつも、虐げられてきた山岳民族の姿を映像で訴えたかったのでしょう」

「父は、芥子畑の取材に山に入ったことがありますか？」

「いいえ、警察からも組織からもマークされている一郎さんを山に入れることは出来ません。敵に芥子畑を教えるようなものですからね」

伸一は眼を閉じた。

そうだ、これまでは、一郎が拉致されたとばかり考えていたが、一郎が自ら姿を隠した場合も想定する必要があるのではないか——。

たとえば、山岳民族に興味を持った一郎が、何者かの手引きで密かに山に入った可能性も十分に考えられる。一郎がホテルの部屋にパスポートや現金、衣服等を残してあったのは、彼が、如何にも拉致されたように見せかけるためではなかったか――。

（一郎が、自分の意志で山に入ったとすれば、当然、取材ノートを持ち出しているだろう）

「ミャウ、誰かおやじを山に手引きするような人がいたとは考えられませんか？」

「いいえ、そんな人がいるなんて話は、一郎さんから聞いたこともありませんわ」

「もう一度訊きますが、父が山に入れるように便宜を図ったのは、ミャウ、あなたじゃないのですか？」

「いいえ」

ミャウは力なく首を横に振った。

それにしても、その後、一郎から家族になんの連絡もないのは、やはり事件に巻き込まれてしまったためなのか――。家庭を大切にしてきた一郎がなんの連絡も寄越さないのは、どう考えてもただごとではない。

ピン川を観光船が遡っていく。甲板に出た客がミャウと伸一に手を振った。

「ナンクワをお供えした寺に行ってみませんか？」

ミャウは伸一の手を取った。

冷房もない老朽化した乗り合いバスが、チェンマイ郊外の道路を走り続けている。沿道では、南国特有の花がその大胆な色彩を照りつける太陽の下で競っていた。

チェンマイのバスターミナルを出て、すでに二時間は過ぎている。

小さな村の入口で、ミャウは窓の横のブザーを押した。バスを降りた伸一とミャウは、いつ来るか判らない客をのんびりと待っているトゥクトゥクを拾った。

ワット・ティヤサカンもまた花に囲まれていた。図鑑から抜け出たような親指ほどの大きさの小鳥が花と花の間を飛び交っている。

読経の声が本堂から流れている。伸一は、ミャウに促されて靴を脱ぎ本堂に入った。床に敷き詰められた大理石が、足の裏にひんやりとした感触を伝えてくる。

正面には巨大な三体の仏像が安置されていて、その前に設けられた雛壇には十数人の僧侶が座し、読経の世界に入っていた。

寄進の品物を持った人たちが、音もなく雛壇ににじり寄る。そして、全身を床の上に投げ出すような礼を三度繰り返し、うやうやしく寄進の品物を捧げている。

伸一は雛壇の僧侶、一人一人の顔をゆっくりと眼で追った。

剃髪し、黄色い僧衣をまとった一郎が、突如、伸一の視界に飛び込んできた。

立ち上がろうとする伸一の袖をミャウが強く引いた。ミャウは静かに首を横に振った。

やがて読経を終えた僧侶たちは雛壇を降りて、両手を胸の前で合わせ入口に向かって歩き始めた。

伸一はミャウの手を振り払って行列の前に出た。

再び父の幻を追って呆然と佇む伸一を呑み込むように、僧侶たちの行列は本堂の外に消えていった。

ミャウは動けなくなっている伸一の手を引いて、彼を本堂の裏庭に連れ出した。

裏庭に建っている巨大な仏塔に容赦なく太陽が照りつけていた。その仏塔の下を取り囲むように、大小数百体のナンクワが祀られている。

「この中に、私のお祖父様があなたのお祖父様から預かったナンクワも、一郎さんが日本から持ってきたナンクワもあるはずですわ」

伸一はミャウの言葉に答える代りに、しゃがみ込んでナンクワの顔を一つ一つ見比べた。

数百体のナンクワが一斉に伸一に微笑みかけてきた。照りつける太陽がそのナンクワの微笑に光を放っている。

「行きましょうか。一郎さんは必ず帰ってきますわ」

ミャウは伸一の肩に優しく手を置いた。

十九．罠

ホテルでは、赤鼻の谷村とバンク、それに見知らぬ初老の男が伸一の帰りを待ち受けていた。谷村は男を伸一に引き合わせた。

「初めまして。私、ビシアンと申します」

握手を求め差し出されたビシアンの手は、伸一にはまるで血が通っていないかのように冷たく感じられた。

「今日は家具の仕入れにバンコクからやって来たのですが、たまたま、以前から懇意にしていただいておりますす中央警察署長へご挨拶に立ち寄ったところ、伸一さんが日本からお見えになっていると伺ったものですから、是非、お目にかかりたいと思いまして……」

「それは、わざわざ恐縮です」

伸一は、努めて平静を装った。

「私、支局の山本さんとは、懇意にしていただいておりました。この度、山本さんが思いがけない事故にお遭いになって心を痛めております」

「彼の死が事故だとは、僕は思っていません」

伸一はビシアンを凝視した。

「山本さんがなぜ事故に遭ったのか、私には解りませんが、こんな結果になってしまって本当に残念です。あなたのお父様をなんとしても見つけ出してみせると張り切っていらっしゃったのに……」

「そういえば、ビシアンさんは僕の父にも会っているそうですね」

「ええ、二度ばかりお目にかかったと思いますが」

ビシアンは平然と答えた。

「父とどういう話をされたか憶えていらっしゃいますか」

「なんでも、こちらに残留している元日本兵を扱った作品をシリーズで作りたいとかおっしゃってましたね」

「辻参謀の話は出なかったのですか?」

「参謀のことも話題になったと思いますよ」

「そうそう、やまちゃんにはビエンチャンでも会ったそうですね」

「まさに奇遇ですな。まさか、あのような場所で、山本さんに会うとはね……」

「ところで、その後、ロナルドから連絡はありましたか？」

ビシアンの顔から笑顔が消えた。

「まるで、尋問ですな。彼はまだ山を降りていないと思いますよ。バンコクに戻ったら、一杯やらないかと誘いの電話を寄越すはずです。なにしろアルコールには眼がない男ですからね。何かロナルドに？」

「いえ、特に……。いや、いろいろと有り難うございました」

ビシアンに笑顔は戻ったが、眼は冷たく光っていた。

「今度の旅で、何かお父さんの手懸りは摑めましたか？」

ビシアンの問いに、伸一は、黙って首を横に振った。

「もし、私でお役に立てることがありましたら、いつでも、なんなりとおっしゃって下さい」

ビシアンは、『スクムビット商事代表取締役』と書かれた名刺を伸一に手渡した。二人の会話を聞いていたバンクが伸一の肩を叩いた。

「ネバー・ギブアップ！」

続いて、谷村が伸一の耳元に口を寄せて囁いた。

「バンクが、このままで捜査を終らせたのでは、タイ警察の面子が立たない、もう一度、裏情報を集めてみたいと言っています。そのためには一万バーツほど必要だそうですが……」

（どうせ、金は二人で山分けするつもりだろう、まあ、餞別と思えばいいか……）

伸一は「バーツの持ち合せがこれしかない」と言って、五千バーツをバンクに手渡した。

「絶対、伸一のお父さんを探し出してみせるよ」

バンクが別れの手を差し出した。

「いい情報が入ったらすぐに知らせますよ」

谷村が極まり悪そうに鼻の頭を擦った。

「有り難う」

伸一は、二人と握手を交わした。


チェンマイ空港には、黄昏時が迫っていた。

伸一は何処までも続く雲海を彷徨う自分の姿を、山並に広がる夕焼け空に見ていた。

搭乗開始を告げる放送がロビーに流れ始めた。待合室に座っていた客が一斉に荷物を持って立ち上がった。

賑やかにお喋りをしていた日本人のおばさんたちの列が、小旗を持った添乗員に誘導され、搭乗口に向かって動き出した。

フライトまでには、まだ、少し時間の余裕がある。伸一は、空いた椅子に腰を下ろし眼を瞑った。

「伸一さーん」

ミャウがロビーに駆け込んできた。

「ああ、間に合ってよかった」

ミャウは息を整えながら、伸一の横に座った。

「伸一さん、あなたは、ホテルでビシアンに会ったんですって？」

「ええ、彼は、家具を仕入れにやって来たとか言っていましたが」

「たぶん、ビシアンはあなたの動きを知りたくて、チェンマイへやって来たのじゃないかしら」

「なんのために？　それと、僕がチェンマイに来ることをどうして知っていたんだろう？」

「彼は闇の世界の情報屋ですもの。あなたがチェンマイに現れたらすぐに連絡をくれるように、その筋に手配してあったんでしょう。お願い、伸一さん、出来ればバンコクに行かないでこのまま日本へ帰って。これからのあなたの動きによっては、やまちゃんの二の舞になりかねないわ」

「ミャウ、心配してくれるのは有り難いが、僕は、このまま、すごすごと日本へ帰るわけにはいかない。それじゃ、死んだやまちゃんにも申し訳が立たない」

「伸一さん、私はみすみすあなたを見殺しにしたくないの」

「今、おやじの捜査を諦めてしまったら、僕は一生悔いることになる」

「そうね。私が止めて引き下がるあなたじゃないわね」

ミャウは、大きく息を吸い込んだ。

「伸一さん……」

「ミャウ、どうした?」

伸一は言い淀んでいるミャウを促した。

「伸一さん、一郎さんは……」

「おやじが？　おやじがどうしたんだ」

伸一はミャウを急き立てるように、彼女の肩を揺すった。

その時だった。プラカードを持った女性職員が近付いてきた。

「741便、バンコク行きにお乗りの長谷さんはいらっしゃいませんか？　長谷さんは、いらっしゃいませんか?」

伸一は、女性職員に手を挙げた。伸一を認めた彼女はにこやかに微笑んだ。

「申し訳ございませんが、フライトの時間が過ぎておりますのでお急ぎ下さい」

「伸一さん、バンコクに着いたら空港から電話を寄越して。一郎さんのことで、是非耳に入れておきたいことがあるの」

「ミャウ、おやじは生きているのか、無事なのか？　もし知っているなら、それだけでも、今教えてくれないか」

「伸一さん、さあ急がないと」

ミャウは伸一の背中を押した。


ドンムアン空港に着いた伸一は公衆電話に飛びついた。しかし、ミャウの携帯電話からは、無機的なテープの声だけが流れてきた。

——この電話は、電源が切られています。改めておかけ下さい——

（一体、なんだって電源を切ったりするんだ）

苛立った伸一は立て続けにプッシュホンを叩いた。

伸一のトライが五回を数えた時、後ろで待っていたタイ人の青年が堪り兼ねたように覗き込んだ。伸一が電話のかけ方を知らないと思ったらしい。

伸一は礼を言って、電話を譲った。

空港の外は、気が遠くなりそうな熱気が漂っていた。高速道路を走るタクシーから見下ろすバンコクの夜景は、きらめくネオンすら喧噪に映って見える。

スクムビットに宿を取った伸一は、部屋から、ミャウの携帯電話を繰り返し呼び出してみたが、依然として電源は切られたままだった。思い余った伸一は、谷村清三に電話をかけてみた。

バービア独特の騒音に近いボリューム一杯の音楽の中から、谷村の浮かれた声が聞こえてきた。

「何かの手違いで、電源を切ってしまったんじゃないですか。そのうち、彼女からホテルに電話をしてくるでしょうよ」

伸一は、ミャウと連絡が付いたらすぐに電話をするように伝えて欲しいと、谷村にホテルの電話番号を教えた。

その夜、伸一は、ミャウからの電話を待って、部屋から一歩も外へ出なかったが、結局なんの連絡もなかった。

翌朝、支局に出向く前に、もう一度ミャウの携帯電話を呼び出してみたが、テープの声が空しく流れてくるだけだった。


ＪＴテレビバンコク支局のドアを押した伸一は、支局長野村一平の以前とはうって変わったよそよそしい態度に驚かされた。彼は「やあ」と軽く手を挙げただけで、机の上の書類から眼を離そうともしない。

「局長、この度は、やまちゃんが父の捜査に協力してくれたばかりに、あのような結果になってしまいまして……」

机の前に立って頭を下げている伸一を、野村支局長は無視し続けた。

「あれは酔っぱらったやまちゃんが引き起こした、ただの事故だよ」

「局長、まさか本気でそう思っていらっしゃるんじゃないでしょう。あのやまちゃんが酔っぱらって川に落ちるなんて、どう考えても不自然じゃありませんか」

「長谷君、警察が事故死と結論を出しているんだ。今更、余計な詮索をしてどうなる？　もうこれ以上、我々を巻き込むのはよしてくれないか」

野村支局長はようやく顔を上げ、如何にも迷惑だと言わんばかりの表情で伸一を見つめた。

「そうだ。木村部長から、昨日と今朝とこちらに二度も電話があった。とにかく、今すぐに連絡を取った方がいいんじゃないか」

彼は隣のデスクにある電話を顎でしゃくった。

「長谷、こうなったら君はそちらに残って、納得のいくまで徹底的に調査を進めるんだな。その間の君の扱いだが、取り敢えずは出張扱いにしておこう」

仲一からこれまでの経過を聞いていた木村部長は、タイに留まることを勧めた。

「部長、有り難うございます」

仲一は深々と頭を下げて受話器を置いた。仲一と木村部長の遣り取りを聞いていた野村支局長が、苦々しそうに呟いた。

「長谷君、事態はもはや君個人の力の及ぶところじゃないと思うよ。ここは焦らず、一旦日本へ帰って、タイ当局の捜査を待つべきじゃないか」

今度は、仲一が支局長を無視して、喧噪の街へ飛び出した。


ホテルには、谷村から至急電話を欲しいとの伝言が届いていた。

「長谷さん、ミャウが大変なことになった」

息せき切って話す谷村の声からは、いつもの調子よさは完全に消え失せていた。

「彼女は昨夜空港で、麻薬不法所持の現行犯で逮捕されました」

「まさか」

「詳しいことは判りませんが、バンクの話だと、彼女の身柄はすでに女子刑務所に移されてしまったそうです」

「ミャウが麻薬を持っていたって？　信じられない。彼女は誰かに嵌められたんだ。とにかく、僕はこれからそちらへ飛びます。バンクと空港で待っていていただけませんか」

伸一が、チェンマイ空港の到着ロビーから外へ飛び出すと、谷村とバンクが駆け寄ってきた。

「バンク、頼む。明日にでも、なんとかミャウに接見する段取りをつけてもらえないだろうか」

伸一はバンクの上着のポケットに二万バーツをねじ込んだ。


翌朝、なんとか、看守長を抱き込むことに成功したと言うバンクが、上機嫌でホテルに伸一を迎えにやって来た。未決囚の場合、通常面会は許されないのだが、粘りに粘ってようやく看守長からオーケーを取ったんだと胸を張るバンクに、伸一は五千バーツを奮発した。


女子刑務所は、学校や寺院が集まっている旧市街地のほぼ中央にひっそりと建っていた。正門横に安置された、長い髪を後ろに束ね壺を抱いた清楚な女性の像が、道行く人に微笑みかけている。高く巡らされた塀の前に作られた花壇では、艶やかなカンナの花が妍《けん》を競っていた。

受付で面会手続きと所持品検査を済ませた伸一を、まだ顔に幼さを残した若い女性刑務官が金網で二つに仕切られた接見室に案内した。

「面会時間は十五分です。彼女とはタイ語か英語でお話し下さい。その他の国の言葉を遣うことは一切禁止されています」

女性刑務官は、伸一に、金網の前の椅子を勧め、にっこりと微笑むと部屋を出ていった。

待つこと、およそ三十分。奥のドアから手錠をかけられ、囚人服に身をやつしたミャウがでっぷりと太った女看守に引き立てられて入ってきた。

「ミャウ、一体何があったんだ?」

「伸一さん、ご心配かけて申し訳ありません。でも、私は何もやましいことはしていないから大丈夫よ」

「だけど、ミャウのバッグに麻薬が入っていたんだろう」

「私を陥れようとして、誰かがバッグに入れたんでしょうが、犯人についてはおよその想像はつくわ。ここを出るのには少し時間がかかるかもしれないけれど、私の潔白をきちんと証明してみせるわ」

「僕はもちろん君を信じているが、無実をどうやって証明するつもりなんだ」

「私のことは、弁護士のモントリー先生にお願いしてあるから心配ないわ。亡くなった父の親友だったモントリー先生なら絶対に私を助けて下さるはずよ」

二人の会話に耳を傾けている女看守が、しきりと腕時計に眼をやっている。

「父のことだけど……」

「あら、なんのことかしら？」

　ミャウは伸一に片眼を瞑ってみせた。二人の会話が突然途切れたのに気付いた女看守が怪訝そうに、伸一を見つめた。

　伸一は、やむなく話題を変えた。

「ミャウ、僕が何か君にしてあげられることがあったら、遠慮なく言って欲しい」

「有り難う。じゃあ、お言葉に甘えて、カーディガンを差し入れていただこうかしら。夜の独房は結構冷えるの」

「ここを出たら、その足でデパートに行ってすぐにでも届けるよ」

「どうせ届けてくれるなら、私のお気に入りのがいいわ。一郎さんが誕生祝いに贈って下さった白いカーディガンが事務所のロッカーに吊してあるはずよ」

「オーケー。だけど、事務所は開いているの？」

「モントリー先生にお願いすれば大丈夫」

　時計を見ていた女看守が、伸一に「時間だ」と告げた。

　伸一は急いでモントリー弁護士の電話番号をメモした。

　女看守が、退出するようにと再度ミャウを促した。

「それと、事務所に行ったら、ナンクワに赤いジュースを供えるのを忘れないでね。あのナンクワはいつも私を助けてくれたわ」

ミャウは伸一に微笑むと、ドアの外に消えていった。

二十．ノートパソコン

ミャウが全幅の信頼を寄せているモントリー弁護士とは、どのような人物なのか。

モントリー弁護士に会う前に、彼の経歴を知っておきたいと思った伸一は、今一つ信用が出来ないバンクや谷村を避け、誠実そうな人柄が滲み出ている金沢健太郎を訪ねてみることにした。

「モントリー先生でしたら、タイの最高学府、チュラローンコーン大学を卒業後、終始一貫、山岳民族の支援にその弁護士生命を賭けてこられた、本当に尊敬に値する方です。確か、もう七十歳は越えられていると思いますが、今も精力的に活動されています」

「しかし、何者かに嵌められたとはいえ、麻薬所持現行犯で逮捕されたミャウが簡単に釈放されるんですかね」

「下手をすれば、十年前後は刑務所にいることになりますが、百戦錬磨のモントリー先生なら、なんとかして下さるんじゃないですか」

旅行代理店〝サヌック〟の前で、モントリー弁護士と会う約束を取り付けている伸一の電話を聞いていた健太郎は、「この際、少しでもお役に立ちたい」と同行を申し出た。


約束の時間に伸一と健太郎がサヌックの店頭に立っていると、野良着のような半袖シャツにサンダル履きの初老の男が鍵束を持って近付いてきた。

「モントリーです」

伸一は、我が眼を疑った。彼はどう見ても、市場の物売りのおじさんか、トゥクトゥクの運転手にしか見えない。彼が、有能な弁護士だとは信じられなかった。

シャッターが下ろされていた事務所の中は、凄まじい熱気が淀んでいた。

部屋の片隅にあるロッカーを開けると、ミャウが言っていた白いカーディガンが吊されていた。カーディガンを手にした伸一が、ロッカーを閉めようとした時だった。

「長谷さん、ちょっと待って下さい」

健太郎がロッカーの中から紙袋を取り出した。その中からノートパソコンの一部が顔を覗かせている。そのパソコンを取り出し、机の上に置いた健太郎はその蓋を開けて奇声を上げた。

「長谷さん。これはもしかしたら、お父さまのものじゃありませんか？　キーボードにはアルファベットの他に平仮名が併記されています」

伸一はパソコンのコードをコンセントに差し込んだ。

しばらくして画面がブルーに変わり、〝パスワードを入れて下さい〟の文字が浮かび上がってきた。

「駄目だ、パスワードが判らないと開けない」

「長谷さん、ミャウがわざわざロッカーの中のカーディガンを差し入れて欲しいと言ったのは、このノートパソコンのありかを教えるためだったんじゃないですか。しかし、パスワードが判らないことには……」

黙って二人の遣り取りを聞いていたモントリー弁護士が、流暢な英語で伸一に訊ねた。

「ミャウは、パスワードのヒントになるようなことをあなたに言いませんでしたか？」

「特に、なかったと思います。それにしても、ミャウはどうしてパソコンのことも、パスワードのこともずばり教えてくれなかったのでしょう」

「接見室の会話はすべて録音されていますので、迂闊なことは言えないのです。カーディガン以外にどんな会話があったか思い出して下さい。ミャウは絶対、あなたにヒントを与えたはずです」

ミャウとの会話を改めて復唱してみた伸一は、別れ際の彼女の一言をふと思い出した。

「先生、そういえば、彼女は部屋を出ていく時に、事務所のナンクワに赤いジュースを供えて欲しいと言っていました」

「長谷さん、それですよ」

三人は部屋の入口の壁の上に取り付けられた祭壇に駆け寄った。髪を後ろに束ねたブロンズ製のナンクワが、伸一たちを優しく手招きしている。

健太郎は椅子に乗って、ナンクワを祭壇から取り出した。

「長谷さん、これを見て下さい。手招きしている右手の手のひらに小さく数字で『1』と書かれています」

健太郎は、手にしたナンクワを電気スタンドの下に持っていった。

よく見ると、数字は、金貨を入れるための袋、束ねた髪、横座りした膝の上にも書かれていた。

数字は合計四つ、「1」「1」「6」「9」である。

伸一は、早速、その四つの数字をいろいろと組合せを変えながらパスワードに入れてはみたが、開くことは不可能だった。

伸一に代わった健太郎が、もう一度全ての組合せを試してみたが、ロックを外すことは出来なかった。

「その数字は、パスワードに関係あるとは思うが、数字以外にプラスアルファがあるはずですね。たとえば、〝一郎〟とか……」

モントリー弁護士は、メモ用紙に「1」「1」「6」「9」の組合せを残らず書き出した。

「長谷さん、この数字の中で何か思い当たるものはありませんか？」

「そうだ、長谷さん」

数字を見つめていた健太郎が、突然目を輝かせた。

「お父様は、辻参謀の伝記映画を作ろうとされていましたよね。この数字が仮にある年代を示しているとしたら、辻参謀に関係がある年代かもしれない……」

「仮に、この数字が辻参謀に関係する年代とすれば、一九一六年か一九六一年ですね。参謀が生まれたのは……、一九一六年がそれに当たるかもしれない。それから、一九六一年といえば、昭和三十六年ですよね。ええっと、昭和三十六年……、そうだ、この年に参謀がラオスで消息を絶っている」

伸一は、肩で大きく息を吸った。

「長谷さん、１９６１の数字の前後に、辻政信とか辻参謀、あるいは失踪などをくっつけて入力してみましょう」

健太郎は即座にパソコンのパスワードに挑んだ。およそ一時間、健太郎は試行錯誤を重ねたが、パソコンは依然ロックされたままである。

「長谷さん、パスワードは辻参謀とは関係ないんですかね」

健太郎が弱音を吐いたその時だった。

パスワード、〝辻参謀1961失踪〟に反応した画面が突如動き始めた。

それは、まるで奇跡を見ているようだった。

「チャイヨー《ばんざい》！」

モントリー弁護士が二人に握手を求めた。

「長谷さん、後はホテルでゆっくりご覧になればいいですよ。プライベートに関るものでしょうから」

健太郎は焦る伸一を諭した。

「ナンクワにジュースをお供えしましょう」

ナンクワを祭壇に戻したモントリー弁護士は、隣の雑貨屋から買ってきた赤いジュースを供えた。

「先生、ミャウを無罪放免にすることは出来るんでしょうか？」

「大丈夫、大丈夫」

「一日も早く、出してやりたいんですが」

「警察の面子もあるので少し時間が必要かもしれませんが、打つ手はいろいろあります。今度の事件は、たぶんビシアンが仕掛けた罠でしょう」

「ビシアンが、なぜ？」

「ミャウが山の人たちの支援活動をしているのを嗅ぎつけた彼は、警察に彼女を売って情報屋としての点数を稼ぎたかったのでしょう。それと、長谷さんの動きを牽制する意味もあったのではないでしょうか」

「この足でミャウにカーディガンを届けてきます」と言って、ソンテウに乗り込んだモントリー弁護士は、また元の市場のおじさんの姿に戻っていた。


ホテルに帰った伸一は、グラスのビールを一気に飲み干し、大きく息を吸い込んでからノートパソコンを開いた。

マイドキュメントを検索していた伸一の眼に、「京子、伸一、貴子へ」の文字が飛び込んできた。クリックする伸一の手が震えた。

〝愛する京子、伸一、貴子へ
夫であり、父親である私が、ある日突然、家族の前から姿を消してしまう、そんなことが許されるとは思っていません。

こよなく愛してきた家族を不安のどん底に突き落としてしまうような私の行動には、いささかも弁解の余地はありません。

しかし、私は、敢えて苦渋の選択をしたのです。

記録映画監督として、過去、多くの受賞作品を手掛けてきた私は、世間からそれなりの評価は得てきましたが、内心、忸怩《じくじ》たるものがありました。

物事には、全て光と影の部分があり、その影の部分にこそ真実とかドラマが隠されているにもかかわらず、スポンサーやテレビ局の意向もあって、光の部分を中心に描かざるを得なかった自分の不甲斐なさを恥じてきたのです。

一生に一度でいい、監督として完全燃焼してみたい、それが、私の願いでした。

そんな私の情念を掻き立てたのが、父、弥太郎が、今際《いまわ》に語った辻参謀の話でした。数奇な運命を辿った辻参謀を通して、人間を徹底的に描いてみたい。私はこの作品に全てを賭ける決心をしたのです。

そして、シナリオハンティングを始めた私は、個の人間として類希《たぐいまれ》な清廉潔白の士だった彼が、国家という見地に立つと、時としてまるで別人のような行動を取ることがある、その落差に驚かされることになります。

国家とは、本来人と人とが住みやすい環境を生み出すために作り上げられたものではなかったか。にもかかわらず、国家はなぜ個の人たちを犠牲にしてまでも、国益を守ろうとするのだろう。

たとえば、あの世界の正義を自認するアメリカが、一貫して麻薬撲滅を訴えておきながら、水面下ではシンジケートと手を結び、そこから得る潤沢な資金を自国に組みする側に与えてきたのも、私には理解に苦しむところでした。

私が知っているアメリカ人は例外なく優しく、正義感溢れる人たちでした。その彼らが支えているアメリカが、どうして国家という形を取るとまるで別の人格に豹変してしまうのか。取材を進めるにつれて、私は個の人間と国家とが持つ矛盾した関係を辻参謀の作品の中で描いてみたいと考えるようになりました。

個の人間が国家という怪物に服従を強いられるゴールデントライアングルこそが、個の人間と国家とが持つ矛盾を表現するに、お誂え向きの舞台でした。

世界の麻薬総生産のおよそ七割を供給していると言われている、タイ、ミャンマー、ラオスの三国が国境を接するゴールデントライアングルは、国益という名の下に、各国が隠密裏にそのシンジケートを手中に収めようとしのぎを削っている場でもあります。

もとより、私にとって麻薬問題を扱うのは本来の目的ではありません。しかし、常に国家と国家との思惑の中で、利用され続けてきた山岳民族の窮状を世界に訴えるためにも、ゴールデントライアングルは避けて通れない道でした。

山の人たちと生活をともにし、その実状をハンディカメラで映像に納めたいという私の申し出を、当初、ミャウは頑なまでに拒みました。

一つは私の身の安全を保障出来ないこと。そして、私が山に入ったことが組織や、警察の知るところとなれば、密かに芥子の栽培をしている山の人たちに多大の迷惑をかけることになるという理由からでした。それでも、私は諦めずにミャウを説得し続けました。

そして、私の情熱に押し切られた形で、彼女はついに私が山に入ることを認めてくれたのです。ただし、行動を起こすに当たっては失踪を装うこと、家族を含む全ての人とは連絡を取らないこと、それが絶対条件でした。

家族を取るか、作品を取るか、悩み抜いた末、私は心を鬼にして作家のエゴを通す道を選びました。

どうか、身勝手な私を許して下さい。

万一、取材を全うすることが出来れば、かつて辻参謀が通ったと同じ道、ラオスから中国を経由して日本に帰る予定です。

このページは、私の身に異変が生じた時、お前たちに見せるようにミャウに頼んで書き残したものです。

父、一郎より〃

一気に読み終えた伸一はベッドに仰向けに倒れ込んだ。

家族はおろか、やまちゃんまで巻き添えにしてしまった父の失踪は、到底許せるものではない。よしや、映画作家のエゴを通すにしても、他の方法はなかったのか。

ベッドから起き上がった伸一は、ビールを呷った。

頭の中は、真っ白だった。

何はともあれ、京子と木村部長には事の次第を知らせておこうと気を取り直した伸一は、藤沢の自宅に電話をかけた。

一回、二回、三回、呼び出し音を聞いているうちに、伸一はだんだん気が重くなってきた。

「もしもし」という京子の声を耳にしたとたん、反射的に受話器を元に戻してしまった。

母にしても、木村部長にしても、伸一の話を聞けば、捜査を打ち切って、すぐにでも日本に帰って来るようにと言うだろうことは目に見えている。パソコンの件は今少し伏せておこう。

再びビールで喉を潤した伸一は、ようやく冷静さを取り戻していた。

(あの優しいおやじがついに決断したか)

作品に賭ける情熱を、伸一にいつも熱っぽく語っていた一郎の姿が浮かんでくる。伸一は父の決断に拍手を送りたくなった。

（こうなったら、おやじを、とことん完全燃焼させてあげたい）

いつの間にか、伸一は一郎をドキュメンタリーという同じ釜の飯を食う同志として見つめていた。

しかし、一方、一郎を危険の中に曝しておくことは、血を分けた息子としては忍び難いことだった。それに、まだやまちゃんの死の究明も終っていない。

しかし、唯一、一郎の消息を知っている可能性があるミャウは刑務所に繋がれている。モントリー弁護士の予測だと、彼女が出所するまでには、少々時間がかかりそうだ。

伸一は、もう一本ビールの栓を抜いた。

（そうだ、ビシアンに会ってみよう）

敢えて火中の栗を拾う道を選んだ伸一は、ほろ苦いビールを喉に流し込んだ。

二十一．国益

ドンムアン空港でタクシーを拾った伸一は、ビシアンから貰った名刺を頼りに、スクムビットにある彼の事務所に向かった。

目指すソイ（横道）に車を入れようとした運転手が叫んだ。

「旦那、これから先は通行止めですぜ」

ソイの入口にはロープが張り巡らされ、そのロープの前に立った警官が、物見高い野次馬連中を必死で押し戻そうとしていた。

車を降りた伸一は、人垣を掻い潜ってロープの前に出た。道路を血に染めて、三人の男の死体が転がっていた。

ロープの中に入った報道カメラマンたちが、死体を執拗に撮り続けていた。伸一の位置からは、死体の顔を判別することは出来ない。

「ハーイ」

突然、後ろから肩を叩かれた伸一は、危うく心臓が止まりそうになった。スキンヘッドのファラン（白人の総称）が伸一を見下ろしている。伸一の腕を取ったその男は、強引に伸一を人垣の外へと連れ出した。

「シンイチ、驚かせて申し訳ない。俺はロナルド」

男は熊のような手を差し出した。

「あなたがロナルドか」

伸一は、改めて異相の男、ロナルドを見上げた。

「でも、俺が伸一だとなぜ判った？」

「やまちゃんもそうだったが、日本人はどうしてそんなに質問好きなんだ。ビシアンを訪ねて来る物好きな日本の青年といえば、シンイチに決まっているじゃないか」

「そういうことか。しかし、あれじゃ彼の事務所に行くことも出来ない」

「シンイチ、ビシアンは道路に転がっているよ」

「なんだって？」

「今朝方、彼の事務所は、麻薬密売容疑で警察の手入れを受け、その際、抵抗したという理由で全員が射殺された。たぶん、ビシアンたちは抵抗しなかったと思うが、口封じのために有無を言わさず射殺されてしまったんだろう。それにしてもやけに喉が渇く。この続きは、冷たいのをぐっと空けながら話そうじゃないか」

ソイを出てタクシーに手を挙げたロナルドは、アラブ系の人たちが利用している怪しげなホテルに伸一を連れ込んだ。昼なお薄暗いバーに腰を下ろしたロナルドは、バーテンが差し出したビールを一気に飲み干した。

「ビシアンは、闇の世界を上手く泳いでいたのではなかったのか」

「この世界に首を突っ込んで、天寿を全うした者なんていやしない」

「やまちゃんを殺したのはビシアンか」

「俺は、ビシアンに、やまちゃんには手を出すなと釘を差しておいた。殺ったのは、別の組織の人間だろう」

「殺った理由は？」

「理由？　やまちゃんは少し動き過ぎた。組織にとって目障りな者は消す、それがこの世界の鉄則だ。やまちゃんやあんたの動きを知っていたのは、おそらくビシアンだけじゃあるまい」

「やまちゃんを殺った組織の見当は付いているのか」

「それは無理だ。末端組織なんて星の数よりも多い」

「あなたは、やまちゃんが動き過ぎたと言ったが、密売ルートを知ったわけでもない彼が殺られた理由は一体なんなんだ」

「いいか、シンイチ。人には表と裏の顔があるように、国家にも知られたくない裏の顔がある」

「ロナルド、まどろっこしい言い方はよしてくれ」

「シンイチ、あんたも案外せっかちだな」

ロナルドは三本目のビールをグラスに注いだ。

「麻薬撲滅運動を展開する一方、水面下では、麻薬シンジケートと手を結ぶ、これが国家が持つ二面性だ。もちろん、国家にはそれなりの大義名分がある。小国の国家予算を遥かに超える巨額の金が、相対する国やテロ組織に流れるのを防ぐためとね。そして、イチロウの行方を追っていたやまちゃんは、ある時国家が持つその二面性に気付く……」

伸一は、ロナルドの後を続けた。

「やまちゃんは、国家の暗部が露見するのを恐れた関係者の手によって抹殺された」

「お察しの通りだ」

伸一とロナルドの間に、しばし沈黙が続いた。

「シンイチ、これから先、イチロウの捜査はどうする」

「正直、今は打つ手がない」

「なんの手懸りもないのか」

「そうだ」

正体不明のロナルドに迂闊なことは喋らない方がいいと思った伸一は、一郎が山に入った件については伏せておいた。

「シンイチ、あんたは、このまま日本に帰った方がいい。それがやまちゃんを守ってやれなかった俺が、あんたにしてやれる唯一の忠告だ」

「忠告は有り難く聞いておくが、僕はあなたの正体を知らされていない」

「そうだったな。俺はアメリカから来たフリーのジャーナリストだ。おっと、それ以上の質問はなしだ」

「今後、あなたに会いたい時は？」

「金曜日の午後七時、俺は外国人記者クラブに顔を出す」


（伸一が一郎失踪の真相を知った今は、ミャウも全てを打ち明けてくれるだろう）

伸一は、ミャウの一日も早い出所を望まずにはいられなかった。

その日の夕方、伸一が手にした英字新聞の一面には、ビシアンたちの射殺死体の生々しいカラー写真が堂々と掲載されていた。

新聞は、タイ政府の麻薬撲滅キャンペーンを大きく取り上げ、ここ一年で、警察官に射殺された容疑者は、すでに二千人とも三千人とも言われていると報じていた。

二十二．火炎樹

伸一は再び居をバンコクからチェンマイに移し、ひたすらミャウの出所を待った。

タイ正月であるソンクランを控えた街は、連日四十度を超す猛暑に見舞われ、灼熱の太陽に曝された道路は煮えたぎっていた。

朱色の千代紙を幾重にも張り付けたような艶やかな花を咲かせている火炎樹に陽炎が揺れている。

とにかく山に入って、父の安否を自分の眼で確かめてから日本に帰ろうと、伸一は心に決めていた。その時に備えて、ゴールデントライアングル関係の本を読み漁った。

ソンクランを迎えたチェンマイは、水を掛け合う人たちの嬌声が街にこだまし、「サワディー・ピーマイ《新年おめでとうございます》」の楽しそうな声がそこかしこから聞こえてくる。誰もがお祭り気分に酔いしれていた。

お祝いの水を浴びて全身ずぶ濡れになってホテルに帰ってきた伸一を、モントリー弁護士からの朗報が待っていた。

「上手くすると、ミャウは後一週間くらいで釈放されますよ」

受話器の向こうのモントリー弁護士の声が弾んでいる。

「それで、彼女が出所の際に必要な身の回りの物を届けてやりたいのですが、一度彼女に会って、何を差し入れて欲しいか訊いてやっていただけませんか」

ソンクラン明けの明後日、午前十時に面会の段取りをつけてあると言う彼に、伸一は二つ返事でオーケーを出した。


金網越しに会ったミャウは心持ちやつれてはいたが、その表情は極めて明るかった。

「差し入れて欲しい物？　そうね、特にないわね。着替えの服は、モントリー先生が届けて下さったし……。それより、ナンクワに感謝のジュースを供えるのを忘れないでね」

しかし、伸一が彼女の微笑みを見たのは、それが最後だった。

「長谷さん、モントリーです。いいですか、これから私が言うことを落ち着いて聞いて下さい」

受話器から伝わってくるモントリー弁護士のただならぬ気配に驚いた伸一は、ベッドから跳び起きた。

「先程、刑務所から、独房で首を吊っているミャウが発見されたと連絡がありました」

「なんですって？」

「私はこれから刑務所に向かいますが、長谷さん、あなたも来て下さい。なんでも、担当官が昨日彼女に面会したあなたからも話を訊きたいそうです。それでは」

電話は一方的に切られてしまった。


女性刑務官の案内で通された部屋では、モントリー弁護士と一見して幹部職員と思われる女性が机を挟んで向き合っていた。

「担当官のブッサバーです」

担当官は伸一に椅子を勧め、今朝の顛末を掻い摘んで話した。

「現在、遺体は司法解剖に回していますが、状況から見て、おそらく自殺と思われます。あなたが昨日彼女に会った時、何か変わった様子はありませんでしたか？」

「いいえ、彼女は明るくいたって元気でした。自殺したなんて到底信じられません」

その時、卓上の電話がけたたましい音を立てた。受話器を取った担当官が頻りに頷いている。

どうやら、彼女は検死官からの報告を受けているようだった。

受話器を元に戻した彼女は、改めて伸一とモントリー弁護士の方に向き直った。

「解剖の結果、死因は頸部圧迫によるもので、体内からは薬物や異物は発見されなかったそうです。外傷や打撲の跡もなかったようです。ということは、自殺ですね」

「なぜ、彼女が自殺しないといけないんです？」

伸一は担当官に噛みついた。

「どうも、お疲れ様でした」

担当官は伸一を無視して、腰を上げた。

「長谷さん、お茶でも飲みませんか」

モントリー弁護士は憤る伸一を静かに促した。


伸一たちが腰を下ろしたカフェテラスの前を、ピン川がゆったりと流れている。

「ミャウが自殺ですって。先生は、なぜあの場で一言も抗議しなかったんです？」

伸一には、担当官の前で、終始無言だったモントリー弁護士の真意が解らなかった。

「長谷さん、ミャウはもう戻らないのです」

彼は何処までも冷静だった。

「あの場で追及したところで、どうにかなるものではないでしょう。もちろん、私もミャウは間違いなく殺されたと思っています。おそらく、犯人はミャウたちが取り組んでいる、山の人たちを支援する運動を潰そうとしている組織が雇った人間でしょう」

「そこまで確信していらっしゃるなら、どうして自殺で処理しようとしている担当官に反論しないんです？　ミャウがどれほどあなたのことを信頼し頼りにしていたか、先生はご存じないのですか。僕はあなたの誠意を疑います」

「長谷さん、もちろん、私はミャウがこんなことになる前に、あそこから出してやれなかったことは悔やんでいます。しかし、今ここで、我々が他殺説を主張して騒ぎたてたらどうなると思います？　犯人探しを理由にミャウの交友関係や行動が徹底的に洗われ、下手をすると、彼女やご両親が命を賭して取り組んできた運動が潰されてしまう恐れがあるのです」

ここまで話すと、モントリー弁護士はコーヒーカップに砂糖をたっぷりと入れスプーンでかき回した。

「ミャウたちがやっていたことを、先生はご存じだったのですか？」

「彼女の父親の親友であり、かつ学生時代から山岳民族解放運動に情熱を燃やし続けてきた志を同じくする私に、ミャウは全幅の信頼を寄せてくれていました。ミャウからの依頼で、あなたのお父様が、山に入られるように段取りをつけたのも、実は私です」

「今、先生はなんとおっしゃいました？」

伸一は座っている椅子ごと、モントリー弁護士ににじり寄った。

「父は、無事ですか？　連絡は取れますか？」

矢継ぎ早に訊ねる伸一に、彼は静かに首を振った。

「僕を山に入れていただけませんか？　なんとしても、父の安全を確認したいのです」

「今、タイではアメリカと協力して大規模な麻薬撲滅運動を展開中です。そんな最中《さなか》にあなたを山に入れるような無謀なことは出来ません。長谷さん、あなたは日本で一郎さんの帰国を待てばよい。敢えて、危険を冒す意味が何処にあるのです？」

朱色の火炎樹の花びらが、ピン川に舞い降りた。

二十三．エピローグ

「どうやら、頼れるのは俺だけのようだな」

金曜日の午後七時、外国人記者クラブに現れたロナルドは、伸一の返事も聞かず、伸一を真向かいにあるホテルのバーに連れ出した。

「さて、ご用件を承ろうか」

ロナルドはバーテンに、バーボンのオンザロックを注文した。

「ロナルド、ゴールデントライアングルについて、出来るだけ詳しい情報が欲しい」

「どうした、本でも書くつもりか」

「正直に言う。おやじが、ゴールデントライアングルに入ったという確実な情報を得た。しかし、その後の足取りは全く摑めていない。唯一、おやじの鍵を握っていると思われた女性も消されてしまった」

「で、どうする？　単身山に入って、おやじさんを探し出そうとでもいうのか。ゴールデントライアングル、あそこは底なし沼だ。これまでも、一発狙いのジャーナリストが潜入したこともあるが、誰一人として無事に戻ってきた者はいない」

「命が惜しければ、僕は日本へ帰っているはずだ」

「それなら耳寄りな話がある。タイ政府は、明後日、軍隊を動員してゴールデントライアングルの麻薬掃討作戦を大々的に敢行する。どうだ、シンイチ、同行する気はあるかね。もっとも、命の保証はないが」

「願ってもない話だ。是非お願いしたい。ところで、ロナルド、フリージャーナリストと称しているあなたが、底なし沼のゴールデントライアングルに自由に出入り出来る理由を訊きたい」

「質問はなしだ、と言ったはずだ」

「今回、僕はあなたに命を託すことになる」

「解った」

ロナルドは、バーボンをストレートで喉に放り込んだ。

「俺の正体は、アメリカの麻薬取締局から派遣されている麻薬取締官だ」

「そういうことだったのか。もう一つ、やまちゃんや僕に手を差し伸べる理由は？」

「俺は昔アフガンで、テロリストたちに身元がばれ、危うく殺されそうになったことがある。

その時、俺を救ってくれたのが、フリージャーナリスト、五十嵐青年だった。『ジャーナリストのロナルドを殺せば、あなたがたは世界中から非難され、ますます孤立することになる』と、必死になってテロリストたちを説得してくれた彼のことは今も忘れられない。その三日後、アメリカ軍の掃討作戦に同行した彼は帰らぬ人となった。だから、俺は日本人には借りがある」

熱帯樹林が生い茂るゴールデントライアングルは、昼なお暗く、茂みでは獲物を狙う毒蛇が眼を光らせていた。

三百人からなる掃討軍が山男たちの先導で、ブッシュをなぎ倒しながら獣道を突き進んだ。麻薬撲滅に取り組む姿勢を世界に示したいというタイ政府の意向で、今回の作戦には、テレビ局が一社参加していた。伸一はロナルドの計らいで、報道記者としての同行が認められた。

掃討軍は芥子畑を見つけ次第、重油を撒き焼き払った。

しかし、情報が事前に漏れていたのか、畑の側に建てられた小屋はいずれももぬけの殻となっていた。

屏風のように切り立った崖に四方を囲まれた谷間の窪地に、ひっそりと作られた芥子畑は、案内人がいなければ探し出すことは到底不可能だった。

幸い、およそ一ヶ月にも及ぶ作戦中、抵抗らしい抵抗はほとんどなかった。

「シンイチ、今回の作戦は儀式みたいなもんさ。軍隊が撤退したら、また芥子の栽培は再開され、再び組織同士の熾烈《しれつ》な争いが始まる。月が明ければ、山は雨期に入り、完全に外部からは遮断されてしまうからだ」

ライフル銃で仕留めたメガネ猿をナイフで捌きながら、ロナルドは伸一に眼を瞑ってみせた。

作戦も終わりに近付いたある日、タイとラオスとの国境付近で、掃討軍と、ラオス側に逃げ込もうとしたシンジケートの傭兵との間で小競り合いが生じ、逃げ遅れた数人の傭兵が逮捕された。

「シンイチ、ニュースだ」

傭兵の取り調べを終えたロナルドが、シンイチを手招きした。

「傭兵の供述によれば、最近、彼等が警護していたグループの中に、日本人がいたと言うのだ。仲間から、イチロウと呼ばれていたらしい」

「その男に会って詳しい話を訊きたい」

伸一の前に連れてこられた男は、伸一にその精悍な顔を綻ばせた。

彼の話によれば、芥子の栽培をしながら山中を移動していた一郎たちは、間一髪掃討軍の手を逃れて、ラオス領内に駆け込んだとのことだった。

これから先、一郎たちがどういう行動を取るかは、男から引き出すことは出来なかったが、一郎は間違いなく生きていた。

伸一は父を追って、ラオス領内に駆け込みたい気持ちを必死で抑えた。

「シンイチ、おめでとう」

ロナルドは、熊のような手を差し出した。


「そうですか。一郎さんは、無事にラオスに入りましたか」

伸一から報告を受けたモントリー弁護士は、眼を細めて握手を求めた。

「芥子栽培が予定通り進めば、一郎さんは雨期明けの十月末にはラオスのルアンパバーンに下山し、そこから中国の雲南省、そして北京を経由して日本の土を踏むことになるでしょう」

あと半年、あの過酷な環境の中で、果して父は生き長らえることが出来るのだろうか。

伸一は一郎の幸運を祈らずにはいられなかった。

「長谷さん、昨日ミャウのお祖父様が、村人たちに看取られ天に召されました。ミャウが亡くなったのを最後まで知らなかったのが、せめてもの救いでした」

モントリー弁護士は、山の中腹にあるドイステープに向かって両手を合わせた。

ドイステープの向こうに続く山の稜線は、うっすらと雨に煙っていた。

伸一は、黙って頭を下げ眼を閉じた。

雨に濡れた山道を、元日本兵、山田五郎の棺を担いだ村人たちの葬列が進んでいった。

豪快なスコールがチェンマイ空港に降り注いでいた。雨期も近い。

「長谷さん、待っていますよ。次回は、是非、タイ人の大好きな『サバイ《快適に》、サヌック《楽しく》』でいきましょう」

伸一を搭乗口まで見送った金沢健太郎は、「これはミャウが事務所に祀っていたナンクワです。モントリー先生から長谷さんに渡すようにと託《ことづ》かってきました」と言って、小さな包みを差し出した。

「そうそう、赤いジュースを供えるのを忘れないで下さいよ」

「大丈夫」

伸一は健太郎の肩を叩いた。

伸一は、離陸した飛行機の窓から暮色に包まれたドイステープと山々をじっと見つめていた。チェンマイの街の燈が次第に遠ざかっていく。

伸一は健太郎から貰ったナンクワの包みをそっと開いた。黒みがかった青銅色のブロンズ像が微笑んでいる。

「アオアライディー・カー《お飲物は如何ですか》?」

振り向くと、スチュワーデスが伸一に微笑みかけていた。

まるで、ナンクワと微笑みを競うかのように——。

（了）

この作品は資料に基づいたフィクションです。
実在する個人・組織等とは一切関係ありません。

後記

毎年、タイを訪れる日本人観光客は、年間、百万人を超える。

在タイ日本人も、おそらく十万人は下らないだろう。

しかし、太平洋戦争当時、タイがアジアで唯一日本の同盟国に近い国だったことを知っている日本人は、どれくらいいるだろうか。ましてや、タイとミャンマーにまたがる通称〝白骨街道〟に、今も幾万の日本兵士の遺骨が眠っていることを知っている人は少ない。

三年前、タイ、チェンマイに居を移した私は、この静かな古都にも、かつて三万人もの日本軍兵士が駐屯していたことを知らされて愕然とした記憶がある。

戦後六十年の歳月が全てを風化してしまう前に、こういった事実を書き残しておきたい――。私は焦燥感に駆り立てられた。

しかし、筆を執ろうとした私は、フィクションにするか、ノンフィクションにするか、迷いに迷ってしまった。そして、記録映画監督だった私が選んだのは、皮肉にも、思い切り主観を入れて伸び伸びと書けるフィクションだった。

旧日本陸軍の高級参謀だった辻政信が、ラオスから忽然と姿を消した昭和三十六年といえば、日本が日米安保条約を巡って揺れに揺れていた時代である。

そんな最中、『潜行三千里』ですでに伝説の人となっていた辻参謀のミステリアスな失踪が報じられた時の衝撃を、私は今でも鮮明に記憶している。

彼の人間性に興味を掻き立てられた私は、彼について書かれた本を片っ端から読み漁ったものである。

彼ほど、著者によって毀誉褒貶が極端に分かれる人物も珍しいが、いつしか私の頭の中には、純粋無垢な理想主義者、完全主義者といった辻政信像が作り上げられていった。

本書で描いた辻参謀は、あくまでも私が創造した辻政信像であり、事実に基づくものでないことをお断りしておきたい。

こよなく愛するチェンマイを舞台に、私自身憧れていたミステリーを書き終えた今、私は暫しの幸福感に浸っている。

なお、本書を刊行するに当たり、文芸社の方々には並々ならぬお世話になった。特に、編集部の遠藤充香さんには、再三再四、貴重なアドバイスをいただいた。紙面をお借りして御礼申し上げたい。また、終始激励して下さった友人、先輩諸氏にも併せて謝意を表するとともに、草稿の段階から、ある時は読者の目で、ある時は作者の目で様々な助言を下さったチェンマイ在住の小和田佐重氏には、改めて心から御礼申し上げたい。

参考文献

『辻政信』 杉森久英（文藝春秋新社）
『権謀に憑かれた参謀辻政信 太平洋戦争の舞台裏』 田々宮英太郎（芙蓉書房出版）
『辻政信と七人の僧 奇才参謀と部下たちの潜行三千里』 橋本哲男（光人社NF文庫）
『シャムの日本人写真師』 松本逸也（めこん）
『メコンのほとりで』 名越健郎（中公新書）
『華人歌星伝説 テレサ・テンが見た夢』 平野久美子（晶文社）
『アジア内幕ノート』 熊村剛幸 名越健郎 吉田伸二 土井正行 浜本良一（同文舘出版）
『国際スパイ都市バンコク』 村上吉男（朝日文庫）
『熱い絹』 松本清張（講談社文庫）
“Doi Mae Salong-Kokmintang Yunnan Chinese Settlement” Kanjna Prakasvunisan (Hanghunsuan jamkat Syamratn)

著者プロフィール
北山 泰樹（きたやま やすき）
1935年生まれ。兵庫県出身。
東京大学教育学部卒。記録映画監督（岩波映画製作所を経てフリーとなる）。教育映画、PR映画、学術映画、記録映画等の分野で受賞作品多数。
現在、タイ在住。

ナンクワの微笑み

2005年 2月15日　初版第 1 刷発行

著　者　北山 泰樹
発行者　瓜谷 綱延
発行所　株式会社文芸社
〒160-0022　東京都新宿区新宿1－10－1
電話　03-5369-3060（編集）
03-5369-2299（販売）

印刷所　図書印刷株式会社

ISBN4-8355-8423-6